KB118971

친구의 친구

너의 스토리 메이트

이희영
이재문
유영민
김혜정
김선영

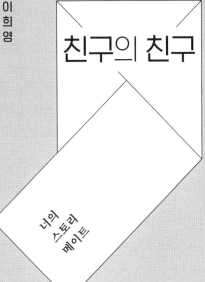

친구의 친구

너의 스토리 메이트

㈜자음과모음

차례

설탕이 졸아드는 시간

김진영

김
선
영

충북 청원에서 태어났다. 아홉 살까지 산으로 들로 뛰어다니며 자연 속에서 사는 행운을 누렸다. 학창 시절 소설 읽기를 가장 재미있는 문화 활동으로 여겼다. 소설 쓰기와 같은 재미난 일을 직업으로 삼으면 좋겠다고 생각하며 십 대와 이십 대를 보냈다. 경계에서 고군분투하는 청소년에게 힘이 되고, 나도 그들에게 힘을 받는 소설을 쓰고 싶다.

2004년 대전일보 신춘문예에 단편 『밀례』로 등단했으며, 2011년 『시간을 파는 상점』으로 제1회 자음과모음 청소년문학상을 수상했다. 지은 책으로는 장편소설 『시간을 파는 상점2: 너를 위한 시간』 『특별한 배달』 『미치도록 가렵다』 『열흘 간의 낯선 바람』 『내일은 내일에게』 『붉은 무늬 상자』 『무례한 상속』 등과 소설집 『바람의 독서법』 『밀례』가 있다.

　난주는 하늘을 올려다보며 새빛공원으로 향했다. 엄마와 새아빠는 아침 일찍 바다를 보기 위해 여행을 떠났다. 수험생인 딸에게 미안하지만, 엄마 아빠 나이에는 이런 날 놀아 주지 않으면 안 된다며 새털같이 가볍게 집을 나섰다. 엄마는 새아빠와 결혼을 결심할 때 진정한 사랑을 찾은 거 같다고 했다.

　'진정한? 그게 뭘까? 나는 그럼 어떤 감정의 산물인 걸까.'

　아빠와 헤어질 때 엄마는 난주에게 아빠를 더 미워하지 않기 위해서라고 했다.

　"그럼 난 뭐냐고? 엄마 아빠한테 난 뭐였는데?"

　진정한 사랑 운운하며 구름 위를 밟는 것 같던 엄마는 땅으로 급강하하듯 미간을 찌푸렸다. 그러고는 난주의 어깨를 감싸 잡으며 말했다.

"얘기했지? 엄마가 사랑했던 시간마저 없애고 싶지 않다고, 여기서 더 견디다간 아무것도 아닌 거로 지워 버리고 싶을 거 같아서 그래. 버리고 싶지 않은 게 있기 때문이야."

"무슨 말도 안 되는 소리야. 사랑하기 때문에 헤어진다는, 뭐 그런 말도 안 되는 소리를 하는 거야, 지금? 그 말이랑 그게 뭐가 달라?"

"달라, 엄마는 더 이상 아빠를 사랑하지 않아. 이젠 아빠가 두렵고, 무서워."

난주에게 엄마가 차마 말하지 못한 아빠에 대한 두려움은 무엇일까. 헤어지는 이유가 미움이 아니라 두려움을 넘어 무섭기까지 하다고 했다.

"그렇지만 엄마가 사랑했던 시간은 간직하고 싶어. 버리고 싶지 않은 게 있다고 했잖아."

난주는 도통 무슨 말인지 모르겠는 엄마의 말을 더 이상 듣고 싶지 않았다. 이혼하기 위한 구차한 변명처럼 들렸다. 재혼 후 아빠에 대한 얘기는 더 이상 꺼내지 않았다.

엄마가 다시 결혼한 지 3년이 다 돼 간다. 그사이 동생도 태어났다.

어제저녁, 한동안 연락이 없던 아빠에게서 전화가 왔다. 엄마의 재혼 이후 아빠는 거의 넋을 놓고 사는 것 같았다. 엄마가 이렇게 빨리 재혼할 줄 몰랐다고, 그리고 난주 네가 엄마를 선택할 줄은 꿈에도 몰랐다고. 아빠에게는 이제 아무것도 남지 않았다고…….
술에 취한 목소리였다.

아빠는 아직도 뭐가 뭔지 구분을 못 하는 것 같았다. 이혼이라
는 게 뭔지, 아빠는 이혼의 실감을 피하려는 것 같았다. 동생이 태
어난 것도 아빠는 모를 것이다. 그 사실을 알면 아빠는 더 깊이 구
덩이를 파고 들어갈 것 같다. 이젠 복구되지 않을 관계라는 것을
받아들일 때도 되지 않았을까.

엄마 말에 의하면 아빠는 자신을 서서히 죽이는 것으로 뭔가
보여 주려는 것 같다고 했다. 이혼 후 잘 다니던 연구소를 그만두
었고, 잦은 입원과 퇴원, 점점 야위어 가는 몸. 아빠는 시위하듯
자신을 망가트리는 것으로 관심을 끌려는 아이 같았다. 그게 보
여줄 수 있는 최후의 사랑이라고 여기는 듯했다. 엄마의 최대 약
점인 연민을 끌어내어 어떻게 해 보려는 것 같았다. 그런 아빠를
보며 난주는 엄마가 왜 아빠를 떠날 수밖에 없었는지 조금은 알
것 같기도 했다.

아빠한테는 정말 미안하지만, 난주는 온조처럼 아빠가 머나먼
곳에 계시는 게 차라리 나을지도 모르겠다는 생각을 한 적도 있
다. 소방관이었던 온조의 아빠는 몇 년 전에 사고로 돌아가셨다.
시간이 어느 정도 지났지만, 온조는 여전히 어제 일처럼 아파하
고 있다. 온조가 '시간을 파는 상점'을 인터넷에 오픈하게 된 건
돌아가신 아빠 영향이 크다. 온조는 상점 활동을 통해 돌아가신

아빠에게 괜찮은 딸이 되고 싶다고 말한 적이 있다.

난주는 점점 초라해지는 아빠를 보는 게 솔직히 힘들었다. 아직도 이혼을 받아들이지 못하는 아빠를 어떻게 생각해야 하나, 엄마처럼 아빠를 미워하지 않기 위해 뭔가 노력해야 하는 것인가? 그건 또 어떻게 해야 하는 거지? 하는 생각으로 혼란스럽기만 했다.

난주의 마음과 머릿속이 이렇게 어지러운 줄 엄마는 꿈에도 모를 것이다. 어른들이 감당해야 할 무게가 온통 자신에게 실린 것 같이 버거웠다. 이건 아닌 것 같다는 생각이 들 때가 한두 번이 아니다. 오늘 같은 날도 그렇다. 난주도 날씨 좋은 건 다 안다. 엄마 아빠는 수험생에게 날씨 좋은 게 얼마나 큰 괴로움인지 전혀 모르는 것처럼 가뿐하게 현관문을 나섰다. 난주는 그들의 등에 대고 소리쳤다.

"제발, 대한민국의 고등학생도 인간 취급해 줬으면 좋겠어요. 놀고 싶다고요, 나도 가을 바다 보고 싶거든요!"

난주는 무거운 생각을 떨쳐내듯 머리를 흔들었다. 눈을 지그시 감았다 뜨면 새로운 세상이 펼쳐졌으면 좋겠다. 가을 하늘은 너무나 태연하게 맑고도 높았다.

공원 입구에는 오래된 은행나무가 노랗게 서 있다. 노란 전등을 셀 수 없이 달고 있는 것처럼 보인다. 환영의 빛깔이 있다면 물든 은행나무 잎이 아닐까 싶을 정도로 환하다. 나무 아래에도 노란 카펫이 둥그렇게 깔려 있다. 그 아래로 들어서면 저절로 환해질 것 같아 폴짝 뛰어들어 하늘을 올려다보았다. 나뭇잎과 나뭇잎 사이로 푸른 하늘이 조각조각 반짝거렸다.

난주는 계수나무 군락지로 들어섰다. 계수나무 아래에 서면 달고나 냄새가 난다. 설탕 졸이는 냄새가 코끝에 맴돈다. 이맘때면 어김없이 찾아오는 냄새지만, 맡을 때마다 단 것이 확 당긴다. 오늘따라 단맛이 더 간절했다. 생각이 복잡할 때마다 아이스크림이든 초콜릿이든 먹는 버릇이 있다. 먹는 거에 비해 체중이 느는 편이 아니라, 천하의 재수 없는 체질이라며 부러워하는 아이들도 있다. 온조는 난주의 성질머리 때문에 살이 찌지 않는 거라고 했다. 크고 작은 일 가리지 않고 걸핏하면 파르르 신경을 곤두세우니, 에너지가 얼마나 많이 쓰이겠냐는 것이다.

난주는 공원 맞은편에 있는 편의점으로 달려갔다. 츄파춥스를 하나 까서 입에 넣었다. 입안의 적당한 온도로 궁굴리면 단맛이 목젖을 둥그렇게 감싼 뒤 온몸에 퍼진다. 비로소 안정감이 찾아든다. 주머니 속에는 두 개의 츄파춥스가 더 있다. 하나는 온조 거, 하나는 이현이 거다. 이현을 생각하자 머릿속부터 발끝까지 새로운 피가 흐르는 것처럼 눈앞이 반짝거렸다.

오늘 이현이 긴급회의를 소집했다. 시간을 파는 상점의 올해 리더는 이현이다. 온조가 절친인 난주까지 깜찍하게 속이며 시작한 일인데, 얼마 전에 이현과 같이 운영진이 돼 달라는 제안을 하였고 난주는 기꺼이 응했다. 결정사항이 생길 때마다 이현과 얼굴을 맞대며 상의할 수 있고 이현의 얼굴을 한 번이라도 더 볼 수 있는데 마다할 이유가 없었다.

각자의 주머니에 용돈이 떨어진 터라 난주 일행은 새빛공원에서 모이기로 했다. 바람은 선선하고 계수나무 잎은 노랗게 물들고, 오래된 숲은 설탕 졸이는 냄새로 가득했다. 엊그제 끝난 모의고사 등급이라든가, 술에 취한 아빠 목소리 같은 건 싹 다 잊고 싶은 이질적인 풍경이다.

난주가 이현에게 한눈에 빠진 지 벌써 두 번의 봄과 두 번의 여름이 지났다. 어느새 두 번째 맞이하는 가을이건만 이현과의 거리는 하나도 줄지 않았다. 평행선. 이현과의 거리를 적절히 표현하는 단어가 있다면 평행선이 아닐까 싶다. 그대로라는 것은 퇴보라는 생각이 들었다. 행여 더 멀어지거나 이도 저도 아닌 관계로 가는 게 아닌가 싶어 난주의 마음은 순식간에 어둠이 깔리는 것처럼 우울해졌다.

다가가고 싶어도 그나마 남아 있는 이현의 호의마저 돌아설까봐 난주는 섣불리 행동할 수 없었다. 특히 작년에 이현에게 받은 문자는 난주를 내내 멈칫하게 만들었다. '완벽한 그리움'이라니. 난주는 그딴 모호한 말 필요 없으니 다 집어치우라고 어딘가에도 소리치고 싶었다.

시간이 지나도 가까워지지 않는다면 희망이 없는 것일까. 난주 자신은 이현에게 다가가고 싶은 열망은 변함이 없는 것 같은데 보이지 않는 차단막이 그들 사이에 쳐져 있는 것 같다는 생각이 들었다. 그럴 때마다 따뜻하게 고여 있던 것이 썰물처럼 빠져나가 써늘해지는 허전함을 맛봐야 했다.

'어쩌면 그렇게 아무렇지 않을 수 있을까?'

함께 있는 자리에서 이현과 온조를 살필 때마다 드는 생각이다. 온조는 너무나 덤덤하게 이현을 대하는 것 같았다. 난주는 그런 온조의 마음을 알 수가 없어서 확인하고 싶은 순간이 한두 번이 아니었다. 이현의 마음에 온조가 있다는 것은 이현의 흔들리는 눈빛을 통해 훤히 알 수 있는데 말이다. 난주는 이현에게 그런 눈빛을 한 번도 받아본 적이 없다. 이럴 때, 이현을 좋아하는 마음과 온조를 잃고 싶지 않은 마음이 격렬히 싸웠다. 온조에게 이런 마음을 털어놓으면 등짝 스매싱을 날리며 너답지 않게 왜 이러냐고 욕을 바가지로 퍼부을 게 뻔하다.

난주는 이현과 관련된 일이라면 생전 처음 경험하는 모드로 전환되는 자신을 발견하곤 한다. 난주 자신조차 자신의 그런 모습이 낯설다 못해 짜증스러웠다. 재채기와 사랑의 감정은 숨길 수 없다더니, 온몸의 세포도 심장도 위장도 남의 것인 양 통제되지 않았다. 이현이 앞에만 서면 늘 그랬다. 난주는 그런 자신이 정말 마음에 들지 않았다.

'진짜 나는 어떤 사람일까.'

시간이 지남에 따라 무엇이든 변화하는 것이 세상 이치라는데, 난주와 이현의 관계에는 적용되지 않는 말이지만 난주 자신은 확실히 변했다는 건 알 수 있다. 지금도 그렇지 않은가. 이렇게 시도 때도 없이 마음이 무겁고 진지해질 줄이야.

저만치 온조가 뛰어왔다. 짧게 자른 앞머리가 찰랑댔다. 온조는 뭐가 그렇게 늘 숨넘어가게 바쁜지 모르겠다. 하긴, 겉보기엔 잔잔한 호수 같은데 속을 들여다보면 굽이치는 강물처럼 변화무쌍한 아이가 바로 백온조다. 온조가 '시간을 파는 상점'을 오픈한 주인공이라는 사실을 알았을 때의 충격은 지금도 잊을 수 없다. 온조의 어디에 저런 열정이 숨어 있는 건지 모를 정도로 보기와는 전혀 달랐다. 상상을 현실로 기획하고 실행에 옮기는 온조의 추진력은 가히 놀라울 정도였다. 지금도 온조의 머릿속에는 또 다른 이야기가 펼쳐지고 있을지도 모른다.

"이현이는?"

숨찬 목소리로 온조가 물었다. 온조가 몰고 온 바람 속에 마른 낙엽 냄새가 났다. 그 뒤에 설탕 졸이는 냄새가 진하게 밀려왔다.

"아직. 자, 받아."

난주가 온조에게 츄파춥스를 내밀었다. 온조의 얼굴이 환하게 퍼졌다.

"나보다 이 막대사탕이 더 반갑냐?"

"어, 하하하."

"왜 그렇게 숨이 넘어가? 또 뭔 일 꾸미고 있는 거 아니야? 고마해라. 겁난다."

"아냐, 아냐, 그게 아니라 이현이한테 무슨 일이 있는 것 같아서."

"무, 무슨 일?"

난주는 심장이 툭 내려앉았다.

"이현이가 하던 일을 못 하게 될 것 같다고 해서."

"웬일?"

"그러니까, 의외지?"

이현이 이제껏 맡은 일을 못 하겠다고 한 적은 없다. 그래서 더욱 놀라웠다.

이현이 지금 하고 있는 일은 지난 초여름부터 시작한 숲속의 비단 아저씨께 책 읽어 주기다.

숲속의 비단은 아주머니가 옷을 지어 팔아 살아가는 집이다. 그 집의 아저씨는 전신이 마비되어 누워 계신 지 오래되었다. 해외에 있는 딸, 란이 아버지의 말벗이 되어 달라고 의뢰하여 시작된 일이다. 외딴곳에 있어서 남학생이면 좋겠다는 조건이 붙어 이현이 맡게 되었다.

난주의 머릿속에 떠오르는 일이 하나 있다. 이현이 숲속의 비단에 가는 날, 난주가 따라나선다고 했다가 단호하게 거절당한 적이 있다. 이현은 마치 들키면 안 되기라도 하듯 그 자리에서 정색을 하며 거절했다. 그때 난주는 온조가 간다고 했어도 이현의 반응이 이랬을까, 하는 생각이 들 정도로 무안하고 서운했다. 중간에 다른 사람이 간다는 건 의뢰자의 비밀보장에 걸리는 문제라는 것, 낯선 이에게 공개하고 싶지 않은 의뢰자의 사생활이 있다는 것, 어떤 일이든 처음에 시작한 사람이 끝을 맺어야 한다는 것 등 상점의 규칙을 떠올리며 마음을 가라앉혀야 했다. 이현이 리더이기 때문에 책임감을 더 강하게 표현한 것이라고 생각하며 서운함을 달랜 적이 있다. 그렇게 펄쩍 뛸 정도로 비밀보장하고 싶은 일이었을 텐데, 이현에게 무슨 일이 있는 걸까.

"너도 전혀 짐작이 안 된다는?"

난주는 혹시나 하는 마음에 온조에게 물었다.

"몰라, 만나서 얘기하겠다고 했으니 들어 봐야지."

이현이 노랗게 물든 계수나무 아래로 걸어왔다. 바람이 불지 않는데도 왜 항상 이현의 머리칼은 날리는 걸까. 때마침 이현의 등 뒤로 황금색 은행잎이 나팔나팔 떨어졌다. 마치 하늘에서 빛살 담은 스팽글이 뱅글뱅글 돌며 떨어지는 것처럼 보였다. 이런 현상은 난주에게만 보이는 걸까. 난주는 온조를 바라보았다. 온조는 아무렇지 않게 막대사탕을 오물거리며 이현에게 손을 흔들었다. 긴장도 설렘도 보이지 않는 아주 편안한 얼굴이다. 난주도 이현에게 손을 들어 인사하고 싶었지만 심장이 격하게 나대는 바람에 타이밍을 놓치고 말았다. 이현은 황금 비늘 속에서 손을 흔들며 살짝 웃었다. 온조를 보고 웃는 건지 난주를 보고 웃는 건지 그건 알 수 없다.

'아이, 몰라.'

난주는 고개를 가로저었다. 난주가 다시 이현에게 다가간다면 이현에게서 완곡한 거절의 메시지가 또 올지도 모른다.

[혼자서 바라볼 수 있는 것이
더 완벽한 그리움이다.
이 말에 동의할 수 있기를 바라며.]

'넌, 계속 완벽한 짝사랑이나 해.' 뭐, 그런 뜻인가?

일 년 전, 이현에게 받은 문자메시지에서 느낀 서늘함을 잊을 수가 없다.

"야, 무슨 생각을 그리 골똘히 해?"

온조가 난주의 어깨를 치며 속삭였다.

"……."

"하여간 이현이만 보면 다른 애가 된다니까."

온조가 난주의 귀에 대고 작은 소리로 말했다.

"일찍 왔네?"

이현이 맞은편 돌계단에 앉으며 말했다.

난주가 인사 대신 이현에게 막대사탕을 내밀었다. 이현이 말없이 껍질을 까서 입에 넣었다. 난주는 그것만으로도 입가에 웃음이 절로 고였다.

"고마워."

적당히 부드럽고 적당히 습기가 있는 톤으로 이현이 난주를 보며 말했다. 이현은 여전히 깍듯했다. 한 번도 자기 페이스를 잃지 않은 러너 같았다. 보폭도 뛰는 자세도 매너도 항상 같았다.

"무슨 일이야?"

온조가 이현을 보며 물었다. 막대사탕을 우물거리며 끝 간 데 없이 올라간 대왕참나무 우듬지 끝을 바라보던 이현이 사탕을 빼며 말했다.

"응, 토론대회가 급하게 잡혔어. 가산점도 제법 높고. 기간이 얼마 남지 않아서 주말에 꼬박 매달려야 할 것 같다고 해."

"오올, 입시의 유리한 고지에 올라서겠네요. 잘됐다."

온조가 웃으며 말했다.

"근데 뭐가 문젠데?"

난주가 뒤이어 물었다.

"팀으로 나가는 거라서 시간 맞추기가 어려워. 아무리 시간을 빼도 숲속의 비단 가는 시간과 겹쳐."

"어련하겠어? 다들 1등급 안에 계신 분들일 텐데."

난주의 입에서 기어이 바른 소리가 나왔다. 입바른 소리는 상

20

대가 누가 되었든 튀어나왔다. 온조는 그게 난주의 매력이긴 하지만 분위기를 싸하게 만드는 주범이라고도 했다.

이현이 설핏 웃었다. 비꼬는 것조차 기꺼이 받겠다는 표정이다.

"그래서 난 빠지겠다고 했는데."

"헐, 그걸 빠지겠다고? 제정신이야? 그거 들어가려고 난리도 아니었던 거로 알고 있는데. 교장실로 항의하는 학부모들이 꽤 있었다고 하던데. 뽑힌 아이들의 객관적인 증거까지 내놓으라고 하면서 말이야, 그러기 전에는 인정할 수 없다고."

"오, 홍난주 넌 어떻게 그렇게 잘 알아?"

온조가 이현과 난주를 번갈아 보며 도통 모르겠는 눈빛으로 물었다.

"야, 백온조, 상위권의 일을 중하위권은 모를 거라는 저 차별적인 생각, 그거부터 잘못된 거 아니야? 전교생이 다 아는 걸 너만 모르고 있는 거거든."

"그래서 빠지겠다고 했더니 불곰 샘이 합당한 이유를 대라는 거야. 거기다 새 멤버를 뽑게 되면 또다시 학교가 시끄러워질 수도 있다면서 안 된다고 하셔."

"그래, 당연히 해야지. 학사 일정에 지장을 주며 상점을 꾸리는 것은 운영 원칙에 어긋나는 일이기도 해."

이현의 부담감을 덜어 주기 위해 온조가 애쓰는 것처럼 보였다. 이현의 마음이 움직이는 건 온조의 저런 따뜻한 오지랖 때문인 건 안다. 난주는 흉내 내고 싶지도 않고 흉내 낼 수도 없다. 난주 자신은 타고나기를 온화함과는 거리가 먼 것 같았다. 아무리 이현의 앞일지라도, 온조는 온조고 난주는 난주다.

"그간 토요일 오후마다 숲속의 비단에 갔던 거 알지?"

"알다마다."

난주는 이현이 그 일로 자신에게 매몰차게 대한 것을 상기시키고 싶어 비꼬는 투로 말했다.

"숲속의 비단 가는 요일을 조정해 보면 어때?"

눈치 없는 온조가 다시 부드럽게 말했다. 백온조, 저 아이 속에는 도대체 어떤 것이 들어 있는 것일까. 꼬인 데가 전혀 없는 것 같은 저 태도, 또래에서 볼 수 없는 침착함과 어른스러움. 어떤 일에든 당황하는 법 없이 감정을 싣지 않고 대응하는 게 놀랍다. 그에 비해 난주는 늘 꼬여 있는 것처럼 세상이 온통 뒤틀려 보인다.

"그게, 숲속의 비단 아저씨 상황이 썩 좋지 않아."

이현이 난감한 표정을 지으며 말했다.

"좋지 않다니? 왜?"

난주가 물었다.

"시간 조정을 할 만큼 여유 있어 보이지 않았어."

"그게 무슨 말이야?"

"거의 막바지에 다다른 느낌?"

"응? 그게 무슨 뜻이야?"

"아주머니 말로는 하루 중 정해진 시간에만 의식이 맑게 돌아오는 것 같다고 해. 그 주기가 점점 짧아지는 거 같다며 초조해하는 것 같았어."

"헐……."

숲속의 비단 의뢰는 처음부터 우리가 감당하기에 버거운 일이었을 거라는 생각이 들었다. 난주는 더욱 어두워진 이현의 얼굴을 보는 게 가슴이 아팠다. 이현이 그간 얼마나 힘들었을지 말하지 않아도 짐작이 되었다. 그런데도 말 한마디 없이 해 오다니, 이현이 다시 보였다.

난주가 이현에게 손을 들어 보이며 말했다.

"내, 내가 가도 될까?"

이현이 난주를 바라보며 말했다.

"지난번에 난주 네가 따라나선다는 걸 내가 거절한 적 있지? 그땐 그럴 수밖에 없었어. 사실 난주 너를 위해서 그랬던 거야."

난주는 이현의 말이 곧이들리지 않았다.

"나, 나를 위해서 그랬다고?"

심장이 또 사정없이 요동쳤다. 심장 뛰는 소리가 밖으로 튀어나올 것만 같았다.

"아이고, 난주 씨, 워워. 그런 마음의 걸림이 아닌 거 같지 않니?"

온조가 몸을 기울이며 작은 목소리로 속삭였다.

'저저, 순식간에 찬물 끼얹는 푼수데기 백조공주, 누가 그런 맥락도 못 읽는 숙맥일까 봐. 하여간 친구 맘도 몰라주는 백온조.'

난주는 온조를 향해 눈을 흘기며 속으로 뇌까렸다.

"아냐, 난주한테는 여러 가지로 마음에 걸린 게 많아."

난주는 숨이 멎을 것 같았다. 드디어 이현의 마음이 움직이는 것인가.

"대신 너희 둘이 갔으면 해. 난주 혼자서 감당하기엔 힘들 수도 있어."

점점, 이현의 말이 온조보다는 난주 자신을 생각하는 것 같아 기분이 달뜨기 시작했다.

"그렇게 심각해?"

온조가 정색을 하며 이현에게 물었다.

"응, 아저씨 상황이 좀 그래. 그래서 할 수 있는 대로 최선을 다해 보려고 했는데."

이현이 난감한 표정을 지으며 말했다.

"어쩔 수 없잖아, 네 상황도 있는 거니까."

온조가 다시 이현의 얼굴을 살피며 말했다.

"어쨌든 이번 주말 오기 전에 한 번 더 보자. 아저씨에 대한 자세한 상황은 그때 가서 알려 줄게. 그리고 먼저 아저씨나 아주머니께 허락을 받아야 해. 다른 사람이 가도 되냐고. 거절하실 수도 있어."

"그렇게까지?"

온조가 놀라운 듯 되물었다.

"아저씨 상황이 그래."

책을 읽어 주기만 하면 되는 간단한 일이 아니었다. 한 번 더 보자는 이현의 말에 난주는 더없이 좋았지만, 아저씨 상태가 어느 정도인지 쉽게 그려지지는 않았다.

이현이 토론대회 준비모임 때문에 가 봐야 한다며 황급히 자리를 떴다. 이현은 머리칼을 날리며 노란 은행잎 융단을 지나 공원을 나서 총총히 멀어졌다.

난주는 슬슬 배가 고팠다.

"떡볶이 먹으러 갈래?"

온조를 보며 물었다.

"……"

온조는 이현이 사라진 쪽을 무연히 바라보고 서 있다.

"야, 뭐야?"

"으응? 뭐, 뭐라고 했어?"

이현에 대한 온조의 저런 태도는 처음 본다. 이제껏 봐 왔던 모습이 아니다. 온조도 자신을 향한 이현의 감정이 어떤 건지 모르지 않을 텐데, 어쩌면 그렇게 한결같이 덤덤할 수 있는지 신기할 정도였는데.

"떡볶이 먹자고. 근데 너 지금 되게 이상한 거 알아?"

난주는 온조의 얼굴을 살피며 물었다. 여전히 온조의 눈은 이현의 뒷모습을 쫓고 있다. 난주가 온조의 눈앞에 손바닥을 대며 재차 물었다.

"왜 그래? 뭐, 무슨 심경 변화라도 있냐?"

"응? 심경 변화는 무슨, 그냥 이현이가 다시 보여서."

"그러니까, 다시 보인다는 말이 무슨 뜻이냐고. 그거야말로 심경 변화 아니니?"

"난주야, 초 예민은 그만. 넌 아직도 그렇게 나를 못 믿니?"

"그게 무슨 널 믿고 안 믿고의 문제야?"

난주는 기어이 쏘아붙였다.

"나는 이현이도 소중하지만 너도 소중해."

"너도? '네가 더'가 아니라? 너도~."

난주가 말꼬리를 잡고 늘어졌다.

"그럼 닭살 돋게 말해 줄까? 난주 씨, 이 세상에서 누구보다 사랑해요, 이렇게?"

"어후, 내가 말을 말아야지."

난주가 팔뚝을 문질렀다.

"그러니까 이현이와 너 사이에 나를 놓지 말라고."

"내 말은 다시 보인다는 말이 무슨 뜻이냐고?"

"상점 운영 멤버를 진짜 잘 뽑았다는 생각이 들어서."

"그건 말해 뭐해, 새삼스럽게."

온조는 여전히 이현이 사라진 쪽에서 눈을 떼지 않고 말했다.

"이현이 말이야, 일의 순서를 정확히 알잖아. 어떤 게 먼저인지 조정하는 법을 알고 있잖아."

"뭘 그 정도 가지고 그렇게 감동을 하고 그래? 그건 너도 애늙은이처럼 차고 넘치게 그렇게 하고 있거든."

"아냐, 숲속의 비단 아저씨, 아주머니께 먼저 허락을 맡아야 된다는 생각을 난 못 했거든. 난 저럴 때 사람이 좀 멋져 보이더라."

"헐, 아주 고백을 하시지, 왜."

"그런 거 아닌 거 알잖아."

이렇게 죽이 척척 맞는 거 보면 온조와 이현은 아무리 생각해도 잘 어울린다. 이현의 마음이 어디로 쏠리는지 알면 난주가 어떻게 해야 하는지 답은 정해져 있다. 난주가 고개를 떨어트리며 돌계단을 발로 톡톡 찼다. 다시 생각해도 이현과 잘 어울리는 건 온조다. 결정적으로 이현이 좋아하는 사람은 온조라는 것이다. 온조 또한 난주 때문에 이현에 대한 호감을 누르고 있을지도 모른다는 생각이 들었다. 아주 슬픈 일이지만 인정할 수밖에 없다. 그렇다면 이현을 볼 때마다 멋져 보이는 이 불치병은 어떻게 해야 하는 것인가.

바싹 마른 대왕참나무 이파리가 바람결 따라 공중으로 날아올랐다. 한 마리 커다란 제비나비 같았다. 난주는 물끄러미 제비나비가 날아오른 길을 좇아 허공을 바라보았다.

"떡볶이는 무슨 수로? 나 빈털터리야."

온조가 아쉬운 표정으로 말했다. 난주는 주머니 속에 있는 지폐를 꺼내 들었다.

"새아빠가 오늘 엄마랑 동생 챙겨 여행 가면서 조용히 해줄 테니 집에서 공부하라고 용돈 주고 갔어."

"새? 아빠?"

난주는 그간 아빠에게 '새' 자를 붙이지 않았다. 처음 들어 보는 새아빠 소리에 온조도 낯설어하는 것 같았다.

"응, 오늘은 그래야 할 거 같아."

"왜?"

"울 아빠한테 전화 왔거든. 아빠는 여전히 힘들어하서."

"시간이 많이 지났는데도 그렇구나. 엄마는 어떠신 것 같아?"

"우리 엄마는 말해 뭐해, 새아빠랑 아주 신나 신나야, 매일매일이."

"속은 그렇지 않을 수도 있어. 당신의 선택이 옳았다는 것을 보여주고 싶은 안간힘일 수도 있지 않을까?"

난주는 뒤통수를 맞은 기분이 들었다. 머리가 띵할 정도로 현기증이 일었다. 이제껏 한 번도 엄마가 힘들 거라고는 생각하지 않았다. 힘들어 보이지도 않았다. 그리고 엄마는 자기의 선택이 옳았다는 것을 세상에 증명해 보이고 싶을 만큼 남을 의식하는 사람도 아니다. 기분이 묘하다 못해 나빴다. 네가 뭘 안다고?

"무슨 소리야? 뭘 그렇게 다 아는 척해?"

"아, 미안, 미안. 마냥 그렇게 좋기만 하시겠나, 그런 생각이 들어서."

"왜, 우리 엄마는 마냥 좋아하시면 안 되는 거니?"

난주는 신경을 곤두세우며 온조의 말에 맞섰다.

"미안, 내가 좀 성급했을 수도. 나도 우리 엄마 때문에 좀 예민해져서 그런가 봐. 요즘 종종 너희 엄마의 입장을 헤아려 보게 되더라고."

"엄마가 왜? 어떠신데?"

난주는 좀 미안한 생각이 들었다.

"불곰 샘과 엄마는 서로에게 좋은 친구가 되는 거로 결론 내린 것 같아."

온조 엄마와 우리 학교의 불곰 샘은 '환경을 사랑하는 교사 모임'에서 우연히 만나 지금 사귀는 중이다.

"친구? 난 곧 결혼 얘기 나올 줄 알았는데. 요즘 불곰 샘도 너무 멀끔해 보여서 사랑이 대단하구나, 하는 중이었거든."

"막상 결혼 얘기가 오가니까 두 분 사이가 좀 심각해지는 것 같았어. 그래서 엄마가 차선책을 선택한 것 같아."

"차선책?"

"어, 사랑의 완성이 결혼은 아닐 거라는 생각이 든대. 결혼을 다시 하는 것도 대단한 용기가 필요한 거라고 하더라고. 그래서 네 엄마 생각이 나서 한 말이야."

"아……."

"엄마 말에 의하면 사랑은 상대에게 자유를 주는 게 아닐까 싶대."

온조는 유리처럼 구름 한 점 없는 하늘을 올려다보며 말했다.

"자유? 그것도 상대에게 자유를 주는 거라고? 너는 그 말 이해했어?"

"나도 생각해 보는 중. 나는 뭐 소유도 못 해 본 사람인데 그 이상을 알겠니?"

"하하하. 그래, 해 보지도 않고 뭘. 우리가 그렇지, 뭐."

"사랑은 소유하고 옭아매는 것이 아니라 더 자유롭게 훨훨 날아가라고 응원하고 박수 쳐 주는 것 같기도 해."

난주는 온조를 바라보며 물었다.

"뭘 보고 그런 생각을 했어?"

"나라고 쉬웠겠니? 엄마 상대로 불곰 샘 말이야."

"그, 그랬지."

"난주, 네가 새아빠와 지내는 모습 보며 영향받은 것도 있고."

"엥? 내가?"

"그래, 네가 새아빠랑 잘 지내는 모습, 좀 부러웠거든. 너희 엄마도 행복해하시는 것 같고. 솔직히 동생도 부럽고."

"그래, 그건. 엄마랑 새아빠 사이, 나도 부러워. 엄마는 '진정한'

이라는 말까지 하며 나한테 새아빠 만난 걸 좋다고 했으니까. 난 뭐냐? 난 가짜 사랑의 결과물인가, 뭐 그런 생각도 들게 한 말이라 엄마한테 한바탕 퍼붓기도 했었어."

"네 엄마도 그때는 그때대로 진정한 사랑을 하셨겠지. 그러니까 넌 진정한 사랑의 결과물인 거야. 그건 의심하지 마."

"어쭈, 울 엄마랑 똑같은 말을 하네."

"아, 진짜? 난 난주 너보다 너희 엄마랑 더 잘 맞는 거 같아."

"좋으시겠어요, 사십 대 아주머니랑 멘탈 수준이 맞으셔서."

"아, 그게 그렇게 되나? 하하하."

온조가 하늘을 올려다보며 말을 이었다.

"엄마와 불곰 샘과의 만남을 받아들일 수 있었던 건 우리 아빠 때문이기도 해."

"돌아가신 아빠 때문이라고?"

"아빠의 유언장을 다시 봤거든."

시간의 힘은 확실히 있다. 온조가 아빠의 죽음을 이렇게 입에 올릴 수 있는 것도 결국 시간이 준 담담함 때문이다. 온조 아빠가 소방관 재직 시절 연수 받을 때 모의로 써 놓은 유언장이 있었는데, 그 유언장은 진짜 유언장이 되고 말았다.

"그게 왜?"

"유언장에 아빠가 엄마에게 당부한 말이 있어. 전생의 인연으로 아빠가 엄마를 만났다면, 엄마에게는 전생의 전생의 인연이 또 있을 거라는 말. 그 말이 엄마에게 자유를 준 거잖아. 진짜 사랑은 상대방이 행복하기를 바라는 것이라는 생각이 들었어. 아빠가 엄마에게 자유를 준 거처럼 말이야. 아빠에게 매달려 있지 말라는 말이잖아. 아빠가 이 세상에 사라지고 없어도 말이야. 그게 이 세상에 남은 엄마가 아빠를 위하는 것이라는 말과도 같고. 불곰 샘과 엄마도 서로를 지지하고 응원해 주는 좋은 친구로 가면 좋을 것 같다고 했어. 자기를 더욱 자기답게 만들어가기를 서로 빌어 주는 것, 그럴 수 있도록 도와주는 것. 그게 사랑 아닐까?"

도대체 사랑이 뭘까? 독차지하고 싶어서 안달이 나고, 받아도 받아도 부족한 게 사랑인 것 같은데. 게다가 받은 것은 까맣게 잊고 왜 더 안 주냐며 괴로워하다 미워하게 되는 사랑의 말로가 얼마나 많던가. 온조가 말하는 사랑은 '나'에게 초점을 찍는 것이 아니라 상대에게 초점을 찍으며 '나'를 보는 것 같다는 생각이 들었다. 온조 아빠가 이 세상에서 사라지고 없어도 온조 엄마를 위해 길을 내어 주고 행복을 빌어 주는 것처럼 말이다. 그럴 때야말로 '진정한'이라는 말을 붙여도 모자람이 없을 거란 생각이 들었다.

"아후, 너무 어렵다. 그놈의 사랑."

난주가 숨을 길게 뱉으며 말했다. 생각이 많아지면 바로 위장으로 신호가 간다.

"배고프다."

난주가 떡볶이집을 가리키며 말했다.

"네 엄마와 새아빠도 두 분이 서로를 더욱 서로답게 하려고 응원하고 북돋워 주는 거 같지 않아?"

"응, 차고 넘치게 그러고 사는 것 같아."

'진정한'이라는 말은 그럴 때 쓰는 말일까. 진정한 사랑, 진정한 친구, 겉으로만 위해 주고 친한 척하는 것이 아니라 속 깊은 곳에서 우러나오는 애틋한 마음, 온조 아빠가 죽음을 뛰어넘어 온조 엄마를 응원하는 것처럼. '진정한'이라는 말은 생각보다 무척 무거운 말일지도 모르겠다는 생각이 들었다.

난주는 엄마가 자유를 찾아 아빠를 떠난 것이라는 생각이 들었다. 아빠가 두렵기까지 하다고 말한 것은 엄마를 옴짝달싹 못하게 옭아매는 아빠의 집착 때문이었을 것이다.

조용히 일주일이 지나가는가 싶었다. 숲속의 비단에 가기 전, 몇 가지 알아 둘 일과 다른 사람이 가도 되는지 양해를 구하는 것이 어떻게 결론이 났는지 이현에게 듣기로 한 날이다.

"아저씨를 처음 보면 무서울 수 있어. 아저씨는 경추 아래로 마비되어 누워만 계신다는 거 알고 있잖아. 그런데 막상 직접 보면 무척 당황스러울 수 있어. 놀랄 수도 있고. 눈으로만 말하실 때도 있고, 컨디션이 좋지 않은 날은 말이 어눌해서 무슨 말인지 못 알아들을 때도 많아. 전혀 예상치 못한 부탁을 들어 달라고 조르실 때도 있고."

난주는 이현의 말을 들으면 들을수록 가슴이 갑갑해졌다. 긴 숨이 절로 새어 나왔다.

"하하하, 홍난주, 그렇게까지 무겁게 생각하지는 말고. 가서 직접 뵈면 꼭 그렇지도 않아."

그때 이현에게 전화가 왔다. 이현의 표정이 서늘히 굳었다. 발신자는 숲속의 비단이다. 이현이 당황한 듯 전화기 화면을 보여 준 뒤 밖으로 나갔다. 곧바로 이현이 어두운 얼굴로 돌아왔다.

"숲속의 비단에 가지 않아도 될 것 같아."

"왜?"

"아저씨가 오늘 새벽에 돌아가셨대."

이현은 애써 감정을 담지 않으려는 듯 담담하게 말했다.

"어머, 어떡해."

온조가 입을 막으며 신음처럼 말했다.

난주는 어찌할 바를 몰라 온조와 이현의 얼굴만 빤히 바라보았다. 죽음은 멀리 있는 것 같아도 이렇게 불시에 찾아온다. 온조는 고개를 숙였다. 아빠 생각이 나는 모양이다. 아빠의 죽음 소식을 들었을 때의 충격이 되살아났을 수도 있다. 난주는 온조의 어깨를 감싸 안았다.

"아저씨가 나한테 꼭 전해 달라는 말이 있다고 하셨대."

"와, 소름. 그럼 유, 유언 같은 거야? 너한테도 유언을 남기신 거야?"

난주가 팔뚝을 문지르며 이현에게 물었다.

"응, 그, 그렇지, 유언이지."

이현은 유언이라고 말할 때 긴장하는 것 같았다.

난주는 이현, 온조와 함께 장례식장으로 향했다. 난주가 이현에게 같이 가자고 했고 온조도 격하게 고개를 끄덕였다. 이현에게 무거운 짐을 또다시 혼자 감당하라고 할 수는 없다.

장례식장 복도에는 흰 국화 화환이 즐비했다. 향냄새가 낮게 깔리고 시장판 같은 왁자한 소리와 음식 냄새가 복도를 메웠다. 조문실을 찾아 기웃대며 조심스럽게 발길을 옮겼다.

조문실에는 아무도 없다. 향내가 뽀얀 실선을 그리며 조용히 번지고 있다. 영정 속 아저씨는 환하게 웃는 표정이지만 얼굴 근육은 심하게 일그러져 있다.

아저씨 사진을 보는 순간, 이현은 울컥하는 것 같았다. 아저씨가 휠체어를 타고 처음 밖으로 나왔을 때 자신이 찍어 준 사진이라고 했다.

난주는 꽃 속에 파묻힌 아저씨 영정을 보아도 죽음이 무엇인지 실감나지 않았다.

흰 상복을 입은 아주머니가 사람들 속에 있다가 한걸음에 달려나왔다. 낯빛이 창백하면서도 맑았다. 아주머니는 교복 입은 난주 일행을 끌어안으며 반겼다.

"고마워요, 와 줘서. 이 양반이 무척 좋아할 거예요."

아주머니는 이현의 손을 잡으며 제단 앞으로 이끌었다.

"편하게 인사해요. 꽃 좋아하신 양반이니 꽃을 올려도 되고."

난주와 온조는 이현을 살폈다. 이현이 국화꽃 한 송이를 제단에 올리자 난주와 온조도 따라 했다. 그런 다음 나란히 서서 절을 올렸다.

아주머니가 이현의 손을 잡으며 제단 아래 앉으라고 했다.

"누워 있던 기간 중에 최고의 여름을 보냈다고 했어요, 이현 학생 덕분이라고. 저 사진 기억나죠? 이 양반이 당신 영정 사진까지 정하고 가셨어요."

이현은 지난여름 침대에 누워 마당으로 나서던 아저씨 얼굴이 떠올랐다. 무성해진 마당을 보고 어찌나 환하게 웃으시던지.

"내가 이 양반한테 하고 싶은 말을 다 퍼부었던 장마 때 기억나지요? 그때 학생과 내가 했던 말을 다 기억하고 있더라고. 이게 다 이현 학생이 있었기 때문이야. 그렇게 죽여 달라고, 살고 싶지 않다고 하던 양반이 나보고 글쎄, 살아 있게 해 줘서 고맙대. 하이고, 내가 오래 살다 보니 별소릴 다 듣는다고 했어. 이 양반, 마지막 가는 길에 이현 학생에게 꼭 인사하고 싶다고 했어요."

아주머니는 아저씨의 영정과 이현을 번갈아 보며 말을 이었다. 마치 아저씨의 말을 토씨 하나 빠트리지 않고 전하듯이.

"좋은 친구를 만나게 해 줘서 고맙대요. 최고의 여름이었다는 말을 여러 번…… 그동안 얼마나 갑갑했으면. 내가 정말 미안하더라고⋯⋯."

목이 메는 듯 아주머니는 말을 잇지 못했다. 아주머니는 마치 '나, 당신 말 잘 전하고 있는 거죠?' 묻는 것처럼 영정을 바라보며 말을 이었다.

"정말, 고마워요."

오랫동안 누워 계신 아저씨 곁에서 재봉질로 옷을 지어 살던 아주머니는 결코 당신 생이 희생이 아니라고 했다. 그건 그냥 자기의 삶이고 사랑이었다고. 왜 내 삶을 희생이라는 말로 퇴색되게 만드냐고 아저씨께 따졌다. 비가 쏟아지던 여름날, 방 안에서 흘러나오던 아주머니의 목소리를 이현은 지금도 기억한다.

장례식장을 나서는데 아주머니가 이현의 손을 잡고 뭔가 긴한 얘기를 하는 것 같았다. 이현은 살짝 웃는 것 같기도, 아닌 것 같기도 했다.

온조는 내내 말이 없다. 아빠를 떠나보냈던 시간이 자꾸 생각나는 듯했다.

난주가 뒤에서 걸어오는 이현에게 물었다.

"아주머니가 뭐라셔?"

"아저씨를 보낸 뒤에 후회하고 싶지 않으셨대."

"응?"

"전에 내가 여쭤본 적 있었거든. 어떻게 그렇게 견딜 수 있었냐고."

"영원한 건 없으니까."

온조가 가라앉은 목소리로 이현의 말에 답하듯 말했다. 난주는 그 순간 차가운 바람이 훑고 지나간 것처럼 머릿속이 서늘하며 맑아지는 느낌이 들었다. 온조의 말이 메아리처럼 뇌리에서 떠나지 않았다. 영원한 건 없다, 끝이 없는 일은 없으며 모든 관계의 종착역에는 늘 이별이 있다는 말과 같았다. 그 순간 난주는 아빠 얼굴이 떠올랐다. 명치끝이 송곳에 찔리는 것처럼 아팠다.

난주는 아주머니가 했던 말을 곱씹어 보았다. 우리가 누군가를 사랑하는 것도 다 나를 위한 거라는 거. 아주머니는 한순간도 자신의 삶을 무위로 돌리고 싶지 않았던 것이다. 그제야 엄마의 선택이 어떤 것이었는지 조금 알 것 같았다.

난주가 이현을 좋아하는 것도 사실은 이현을 좋아하는 난주 자신을 좋아하는 것인지도 모르겠다는 생각이 들었다. 이현이 온조를 좋아하는 것도 자신의 '완벽한 그리움'을 위한 것인지도 모르겠다. 그럴 때 사람에게서는 '멋짐'이 흘러나오는 게 아닌가 싶었다. 서로가 서로에게 느끼는 멋짐이 사랑이라는 말로 표현되는 것이 아닐까. 난주 눈에 이현이 언제나 멋져 보여서 심장이 나대는 거처럼 말이다.

난주는 이현을 바라보았다. 자신이 이현의 어떤 부분을 좋아하는지 알 것 같았다. 난주는 상대의 '멋짐'을 알아보고 설레는 자신이 처음으로 마음에 들었다.

난주는 온조의 손을 잡은 뒤, 용기 내어 앞서가는 이현의 손을 잡았다. 이현이 조금 당황하는가 싶더니 이내 난주의 손을 고쳐 잡았다. 서쪽으로 기운 해가 버스 정류장으로 가는 길에 한가득 펼쳐졌다. 마치 금실로 짠 시스루 옷자락이 드넓게 펼쳐진 것처럼 보였다. 해가 부드러운 손길로 쓰다듬는 것처럼 따스했다.

집으로 가는 버스를 탔다. 난주 일행은 뒷자리에 나란히 앉았다. 온조도 이현도 말이 없다. 각자의 생각에 빠져 있는 것 같았다.

난주는 아빠 생각이 많이 났다. 더 늦기 전에 아빠에게 해 줄 말이 생겼다. 아빠가 손 닿을 수 없는 곳으로 가기 전에 말을 하기로 했다. 후회하지 않기 위해서 말이다. 좀 낯간지러울 수도 있으니 전화로 해야겠다.

'아빠가 내 눈에 제일 멋질 때가 언제인지 알았어, 연구실에서 아빠가 콧등에 내려온 안경을 올리며 일하다가, 나와 눈이 마주치자 한쪽 눈을 찡긋하며 윙크할 때였어.'

그럼 아빠가 뭐라고 할지 들어 봐야겠다.

어느새 어둠이 내렸다. 난주 일행은 버스에서 내려 별사탕처럼 반짝이는 밤 풍경 속으로 나란히 걸어갔다. 앞서가지도, 그렇다고 뒤처지지도 않게 셋이서 고른 간격을 유지했다.

저만치 새빛공원이 보였다. 며칠 새에 은행나무 잎은 노란빛이 더욱 짙어진 것처럼 보였다. 공원 안쪽으로 들어갈수록 설탕 졸이는 냄새가 진하게 밀려 왔다. 이현과 온조, 난주는 약속이라도 한 듯 보폭을 늦춰 천천히 계수나무 숲으로 걸어 들어갔다. 하트 모양의 계수나무 잎이 샛노랗게 물든 채 점점이 떨어져 있다.

미니 인터뷰

☁ '나의 삶'에서 내가 조연인 것처럼 느껴지는 청소년들에게 하고 싶은 말이 있다면, 어떤 이야기를 해 주고 싶으신가요?

김선영 중고등학교 시절 나는 평범하다는 말을 듣고 자랐습니다. 어느 정도 인정하는 부분도 있었지만, 가슴 한쪽에서는 언짢은 기분이 스멀스멀 올라왔습니다. 내가 나를 봤을 때는 나만큼 독특한 사람이 또 있을까 싶을 정도로 다른 아이들과 다른 것 같아 나 자신조차 내가 버거울 때가 많았거든요. 나를 잘 알지도 못하면서 '평범'이라는 틀 안에 뭉뚱그려 집어넣는 것 같아 기분이 나빴습니다. 공부든 뭐든 뛰어난 친구들의 들러리로 세우는 말이라는 생각이 들었어요. 수많은 엑스트라 중 한 명으로 취급당하는 기분이 들었습니다. 살아 보니 내 삶의 주인공은 나인데 말입니다.

한 인생을 두고 조연과 주연으로 나누는 것은 맞지 않다고 생각합니다. 자기만의 호흡과 자기만의 걸음걸이로 뚜벅뚜벅 가면 모두 다 자기 삶의 주연입니다. 스스로를 높이고 사랑하는 자존과 나의 주인은 나다, 라는 주체성이 있다면 누구든 세상의 중심이며, 주인공입니다. 지금은 작은 묘목으로 미미해 보이지만 나중에 어떤 나무로 자랄지 아무도 모르는 것처럼, 자신의 가능성을 축소하지 않았으면 좋겠습니다.

☁ '시간을 파는 상점'은 세 주인공이 '누군가의 소중한 시간'을 함께하기 위해 만든 카페잖아요. 10년이 지나도 여전히 '시간을 파는 상점'이 필요한 지금, 작가로서, 어른으로서 청소년들에게 해 주고 싶은 말이 있다면 무엇일까요?

청소년기에 '시간'에 대한 생각을 해 본다면 남아 있는 시간이 또 달라지리라 생각합니다. 그래서 저도 '시간'에 대한 테마를 잡고 늘어지는지 모르겠습니다. 『시간을 파는 상점』 1편에서는 시간의 개념에 대한 얘기를 주로 했고요, 2편에서는 시간을 매개로 움직이는 플랫폼을 운영하며 내가 쓰는 시간과 상대가 쓰는 시간이 서로 어떤 영향을 주고받는지에 대한 이야기를 하였습니다.

시간에 대한 개념을 한번이라도 생각해 본다면 내가 쓰는 시간에 대해 좀 더 책임을 느낄 것 같았습니다. 내가 쓰는 시간이 곧 '나'를 만드는 거니까요. 『시간을 파는 상점』 2편의 부제를 '너를 위한 시간'이라고 붙인 것은 결국 내가 쓰는 시간은 상대와 긴밀히 연결되어 있으며, '너'를 위해 시간을 쓰는 것 같지만 내가 쓴 모든 시간은 '나'에게 쌓인다는 뜻입니다. 돈, 자본 등 물질의 중시로 가치가 치우친 요즘, '시간을 파는 상점' 같은 곳에서 다양한 경험을 통해 넓은 지평을 갖게 된다면 좀 더 풍요로운 삶이 되리라 봅니다.

☁ 최근 작가님의 근황 중 인상 깊었던 일과 앞으로의 계획에 대해 알려 주세요.

어느 중학교에 강연을 간 적이 있어요. 질의응답 시간에 한 학생이 손을 번쩍 들고 '작가님은 청소년이 뭐라고 생각하세요?'라는 아주 도발적인 질문을 했습니다. 뭘 해도 어중간한 시선으로 보는 청소년기에 대한 불만이 담긴 목소리였습니다.

청소년기는 어른이 되기 위한 준비 기간이 아닙니다. 청소년기를 두고 미완성이나 미성숙의 시각으로 보는 것도 맞지 않다고 봅니다. 스무 살이 넘었다고, 혹은 나이 많은 어른이 되었다고 하여 완성의 시간을 사는 것도 아닙니다. 미성숙한 어른들이 얼마나 많은데요. 그러니까 청소년기 그 자체로 완성의 시간을 살고 있다고 생각합니다. 지금 최선을 다해서 '나'의 시간을 살아 낸다면 우린 매 순간 완성의 시간을 살고 있는 겁니다. 그러니 내가 보내는 모든 순간을 소중히 여겼으면 좋겠습니다.

앞으로의 계획요? 계속 가는 거죠. 어제와는 다른 내가 길을 가며 어떤 길을 만들어 갈지 기대하면서요.

김
혜
정

십 대 시절부터 공모전에 도전해 100여 번 떨어진 후 작가가 된, 자칭 성공한 이야기 덕후다. 지금도 1년에 책 150권, 영화 100편, 드라마 30개를 보며 이야기에 빠져 산다. 『디어 시스터』『다이어트 학교』『하이킹 걸즈』『판타스틱걸』(드라마 〈안녕, 나야〉 원작) 『학교 안에서』『오백 년째 열다섯』 등의 청소년 소설과 「헌터걸 시리즈」『우리들의 에그타르트』『맞아 언니 상담소』 등의 동화를 썼다.

1

"미쳤네. 떡볶이?"

사진을 보자마자 너무 어이가 없어 혼잣말을 다 했다. 얘네는 다이어트를 하려는 마음이 있긴 한 걸까? SNS에 올린 사진은 대부분 먹은 음식 사진이거나 놀러 간 사진들뿐이다. 가끔 운동한 사진이 있긴 하지만 운동 후 이렇게 꼭 무언가를 먹으러 갔다. 그것도 칼로리 대폭탄인 음식을! 옆으로 넘겨 보니 모둠 튀김까지 있다. 이게 다 칼로리가 얼마야? 저 빨갛고 두꺼운 가래떡은 한 줄만 먹어도 200칼로리고 김말이는 한 개가 150칼로리다. 시킨 양을 보니 다섯 명이 먹는다고 치면 적어도 한 명이 700칼로리를 먹은 셈이다. 식사가 아닌 간식으로 말이다. 이래 놓고 태그에는 왜 '#다이어트클럽'이라고 적어 놓은 건지 도저히 이해가 가지 않는다.

> hong1101: 마지막 튀김은 내꺼지롱!
>
> present15: 다음엔 절대 안 뺏김.
>
> mingming7: 어묵은 건들지 마~.
>
> jiyouuuuu: 그래 언니들 다 먹어라, 다!
>
> dragonjk: ㅎㅎㅎ.

돼지들, 부끄러운 줄도 모르고 서로 댓글을 주고받고 즐거워하고 있다. 이 아이들은 여전히 한심하게 살고 있다.

주홍희의 SNS에 들어간 건 순전히 궁금해서였다. 주홍희 일당은 내 계획을 망쳤다. 이 아이들이 마주리 다이어트에 관한 인터뷰를 하지 않았다면 나는 이번 겨울방학에도 마주리 다이어트 학교에 입소했을 것이다. 인터뷰에서 주홍희는 마주리 원장님을 세상 천하의 위선자, 이중인격자로 묘사했다. 방송도 웃긴다. 걔네가 살을 못 빼고 도망친 것뿐인데 왜 마주리 다이어트 학교를 비난하는지 모르겠다. 어린이, 청소년 인권이라니, 다 개소리다. 마주리 다이어트 학교 덕분에 오히려 나는 인권을 처음 얻었다. 돼지에서 인간이 되었기 때문이다.

초등학교 때 내 별명은 '돼지'였다. 1학년 때부터 6학년 때까지 내내 그랬다. 어쩜 그렇게 창의성이 없는지 모르겠다. 뚱뚱하면 그냥 다 돼지다. 뭐, 초등학생에게 창의력을 요구하는 건 무리인지도 모르겠다. 양지우는 양 씨라는 이유만으로 6년 동안 별명이 '양돼지'였으니까.

중1 때 우리 반에 문민현이란 남자애가 있었다. 문민현은 우리 반 남자 중에서 가장 뚱뚱했고 나는 여자 중에서 가장 뚱뚱했다. 나는 되도록 문민현과 친하게 지내지 않으려고 노력했다. 뚱뚱한 아이들끼리 친하기라도 하면 둘이 잘 어울리느니 결혼하라느니 하면서 몰아갈 게 뻔했기 때문이다. 박새미랑 문민현이랑 커플이래요, 하고 소문나는 건 금방이다. 중학생도 초등학생이랑 크게 다르지 않다.

그런데 겨울방학이 끝나고 돌아온 문민현은 완전히 다른 사람이 되어 있었다. 살이 쪽 빠져 알아볼 수가 없었다. 알고 보니 마주리 다이어트 학교에 들어가 몸무게를 15킬로그램이나 뺀 거였다. 문민현이 했다면 나도 못 할 게 없었다.

중2 여름방학에 나는 마주리 다이어트 학교에 처음 입소했다. 한 달간 나는 몸무게를 15킬로그램을 뺐고, 그해 겨울방학에 또 들어가 다시 10킬로그램을 뺐다. 그리고 지난여름 세 번째로 다이어트 학교에 들어가 5킬로그램을 감량해 꿈에 그리던 48킬로그램이 되었다. 그러니까 나는 몸무게가 78킬로그램까지 나갔었다. 우아, 지금 생각해 보면 어떻게 사람이 78킬로그램이나 나갈 수 있나 싶다. 과거를 지울 수 있는 지우개가 있다면 그 모습을 박박 지우고 싶다. 하지만 그건 불가능한 일이라 대신 그 시절 찍었던 사진과 동영상 들을 죄다 지워 버렸다.

처음 다이어트 학교에 들어갈 때만 하더라도 48킬로그램은 감히 꿈꾸지도 못할 숫자였다. 60킬로그램만 되어도 소원이 없을 것 같았다. 그랬던 나는 마주리 원장님 덕분에 48킬로그램이 되었고, 이제는 좀 마른 편이다. 내가 입고 싶은 옷을 사이즈 걱정하지 않고 입을 수 있고, 버스나 지하철 탈 때 자리 많이 차지한다고 눈치도 받지 않는다.

48킬로그램이 되었지만 이번 겨울방학에도 마주리 다이어트 학교에 들어갈 계획이었다. 48킬로그램을 유지하는 건 결코 쉬운 일이 아니다. 밥을 조금만 많이 먹으면 금방 49킬로그램, 50킬로그램이 된다. 지난번에 할머니 생신이라 갈비를 먹으러 갔는데, 그 날에는 몸무게가 자그마치 2킬로그램이 늘었다. 늘어난 몸무게를 줄이기 위해 변비약을 먹고 일주일을 굶었다. 마주리 다이어트 학교에 들어가면 안정적으로 48킬로그램을 유지할 수 있었을 텐데 주홍희 때문에 마주리 다이어트 학교가 문을 닫았다. 재정비 후 다시 문을 연다고 하는데 언제 다시 열지 모르겠다.

검색창에 '다이어트 유지'를 쳤다. 죄다 광고들이다. 이제는 조금만 살펴봐도 광고인지 아닌지 알 수 있다. 사진을 클릭해서 보고 있는데 마른 사람들의 사진 아래 '#10LPA'이라는 태그가 눈에 띄었다. 새로운 다이어트 제품일까? 궁금해서 검색해 보니 인터넷 카페가 나왔다. 10대들을 위한 프로아나 카페로, 회원수가 230명이 넘었는데 비공개였다.

가입 신청을 했더니 몸무게를 찍은 사진을 올리고 나이를 적으라고 했다. 카페는 50킬로그램까지만 가입이 가능했다. 하지만 자신 있다. 나는 48킬로그램이니까. 사진을 찍기 위해 침대 옆에 있는 체중계에 올라갔다. 난 아침저녁으로 두 번 몸무게를 체크하기 때문에 체중계를 눈에 가장 잘 보이는 곳에 두었다.

어랏, 48.75킬로그램? 아침엔 분명 48.1킬로그램이었는데 밥을 먹어서 0.65킬로그램이 늘었다. 아침 겸 점심으로 유부초밥 3개밖에 먹지 않았는데. 이러다가 금방 49킬로그램이 되고, 50킬로그램이 되고, 78킬로그램이었던 과거로 다시 돌아가는 게 아닐까? 그것만큼 끔찍한 일은 없다. 이따가 학원 갈 때는 버스를 타지 말고 걸어가야겠다.

2

〈10LPA〉 카페에 가입하길 백 번 천 번 잘했다. 가입 일주일 만에 몸무게가 1킬로그램이 줄었다. 지난여름 다이어트 학교를 나온 이후로 48킬로그램에서 늘면 늘었지 줄어든 적은 없었다. 하지만 처음으로 47킬로그램이 되었다. 47.8킬로그램! 오늘 아침 체중계 숫자를 보고 너무 좋아서 소리를 질렀고, 엄마 아빠가 무슨 일이냐며 쫓아 들어왔다.

당장 카페에 접속했다. 드디어 나도 감량글을 올릴 수 있다.

하아. 드디어 47킬로그램 되었어요.

님들에 비하면 아직 부족하지만 몇 개월 만의 감량이에요.

하루 섭취량 300칼로리 안 넘기려고 했어요.

이번 달 안에 45킬로그램까지 줄일 수 있겠죠??????

기쁜 마음으로 등록 버튼을 눌렀다.

카페 가입 후 다른 회원들의 글을 보고 얼마나 놀랐는지 모른다. 와, 나 이제까지 뭐한 걸까? 난 완전 우물 안 개구리였다. 마주리 다이어트 학교에서나 내가 제일 날씬했지 세상에는 나보다 더 날씬한, 아니 마른 사람이 정말 많았다. 몸 전체 사진이 아니라 일부 팔이나 다리 사진을 올린 인증샷이 있었는데 "개말랐다"는 말이 절로 나왔다. 그런데도 그 사람들은 살을 더 빼려고 했다.

식단일기를 보니 이해가 갔다. 하루 종일 오이 한 개, 방울토마토 세 알? 글이 잘린 게 아닌가 싶어 스크롤을 내려 확인했는데 전부가 맞았다. 그래, 이게 진짜 다이어트지. 주홍희네 무리처럼 먹은 거나 놀러 간 거 올리는 게 무슨 다이어트냐. 아무리 생각해도 걔네를 생각하면 어이가 없다. 다이어트 클럽을 한다면서 먹은 음식 사진만 올리는 건 공부 클럽을 만들어 놓고 게임만 하는 거나 다를 게 없다.

프로아나는 죽지 않을 만큼 적게 먹긴 하지만, 장점이 확실히 있었다. 먹는 것으로만 몸무게를 조절하지 운동은 거의 하지 않았다. 운동하는 게 얼마나 귀찮고 힘든지 모른다. 개인 PT는 또 얼마나 비싼지. 마주리 다이어트 학교에 입소하지 않는 대신 엄마 아빠한테 개인 PT를 시켜달라고 졸랐지만 단박에 거절당했다. 나에게 이제 뺄 살이 어디 있냐고 하지만 내가 보기엔 비싸서 안 시켜 주는 것 같다. 이러다가 다시 몸무게가 늘면 어쩌나 너무 불안하다. 다행히 〈10LPA〉 카페가 지향하는 것은 하나다. 먹지 않고 찌지 않기. 얼마나 효율적인가? 이 정도면 나도 할 수 있을 것 같다.

식단일기를 보고 있는데 댓글 알람이 떴다. '스프링뷰티'였다.

스프링뷰티: 오, 대단! 금방 45킬로그램 가능할 듯ㅎㅎㅎ.

스프링뷰티는 나와 같은 중3이다. 스프링뷰티 역시 매일 식단과 몸무게를 올렸는데, 나보다 키가 2센티미터가 큰데도 몸무게는 2킬로그램이나 적게 나갔다. 아, 부럽.

일주일간 나는 스프링뷰티를 라이벌로 삼고 호시탐탐 스프링뷰티의 글을 읽었다. 같은 나이와 비슷한 몸무게(물론 내가 더 나가지만ㅜㅜ) 때문인지 스프링뷰티에게만은 지고 싶지 않았다.

스프링뷰티의 SNS도 몰래 들어가 봤다. 거기에는 다이어트 이야기는 거의 없고 하늘을 찍은 사진이 많았다. 그중에 눈에 띄는 사진이 하나 있었다. '초코링' 캐릭터 인형이었다. 오, 이 인형을 가지고 있는 사람이 있다니.

초코링은 초등학생 때 인기 있던 만화 〈스낵 월드〉 캐릭터다. 딸기콘, 멜론빵, 밀크스틱, 바나나젤리와 함께 다섯 주인공 중 하나였는데, 인기가 가장 없었다. 아이들의 사랑을 많이 받는 초콜릿이라서 대놓고 잘난 척하는 캐릭터였다. 그러다 보니 점점 비호감으로 자리 잡아 갔고, 시즌2부터는 슬그머니 사라졌다. 그래서 요즘 초등학생들은 초코링을 아예 모르기까지 한다. 지금은 굿즈 파는 곳도 거의 없다. 초코링 굿즈는 이제 희귀템이다.

스프링뷰티도 초코링을 좋아하는 걸까? 게시물을 보다 보니 초코링 인형뿐만 아니라 초코링 가방 고리도 있다. 이 정도면 초코링 팬인 게 99퍼센트 확실하다. 나도 예전에 초코링 인형을 모았었다. 초코링이 나의 최애 캐릭터였기에 초코링 굿즈도 샀다. 하지만 친구들이 초코링은 이제 〈스낵 월드〉 멤버가 아니라고 해서 버렸다. 지금처럼 구하기 힘들 줄 알았다면 그때 버리지 않았을 텐데.

방금 댓글을 남겼다면 스프링뷰티는 아직 카페에 접속해 있을

지도 모른다. 나는 스프링뷰티에게 채팅을 신청했다. 근데 뭐라고 쓰지?

[응원 댓글 고마워요.^^]

한참을 고민하다가 이렇게 보냈다. 알림을 못 본 건지 스프링뷰티에게 답이 오지 않았다. 괜히 말을 걸었나 싶다. 스프링뷰티는 여러 글에 댓글을 남겨서 내가 누군지도 모를 텐데 나 혼자 내적 친밀감을 느껴서 괜한 짓을 한 것 같았다.

채팅창을 닫고 다른 걸 하고 있는데 채팅 알림이 떴다.

[반가워요, 샘샘님!]

스프링뷰티는 인강을 보고 있는 중이라 내가 채팅을 건 것을 늦게 봤다고 했다. 무슨 인강이냐고 물으니까 나랑 같은 케이 선생님 걸 본다고 했다. 말을 재밌게 하는 편이 아니라 케이 샘은 인기가 많은 편이 아니었다. 하지만 나는 딴소리하는 사람보다 딱 수업만 하는 게 더 좋았다. 나도 그걸 보고 있다고 하니 스프링뷰티가 무척 반가워했다.

스프링뷰티와는 통하는 게 많았다. 형제 없이 외동인 것도 같았고, 아델 노래를 좋아하는 것도 같았다. 무엇보다 놀라운 건 스프링뷰티도 나처럼 20킬로그램을 뺐다는 것이다. 난 카페에는 원래 말랐던 것처럼 글을 올렸다. 그곳에서만큼은 타고난 날씬이가 되고 싶었으니까. 스프링뷰티도 원래 뚱뚱했을 줄이야. 나는 스프링뷰티에게 사실 나도 너와 같다고 솔직하게 고백했다. 나이가 같기에 우리는 친구 하기로 했다. 스프링뷰티의 이름은 '박보미'였다. 박새미, 박보미. 이름까지 비슷하다니, 더 반가웠다.

보미와 거의 한 시간 가까이 채팅을 했다. 이렇게 오래 대화할 수 있다니 너무 신기했다. 학교 친구들과 채팅할 때는 몇 마디 하고 나면 더 할 말이 없어진 지 오래다.

[보미야, 우리 매일 몸무게 보고하기 어때?]

내 제안에 보미가 좋다고 했고 우리는 내친김에 전화번호까지 교환했다. 보미의 메시지 톡 프로필도 역시 건물 사이 틈으로 보이는 구름 사진이다. SNS에 올라온 사진 중 하나였다.

방문이 열리며 엄마가 들어왔다.

"새미야, 저녁 먹어야지."

저녁이라는 말에 저절로 인상이 찌푸려졌다. 그놈의 밥, 밥, 밥. 엄마는 날 보면 일단 "뭐 좀 줄까?"를 묻는데 '뭐'에 들어가는 건 죄다 음식이다.

"배불러."

"배가 부르긴 뭐가 불러? 뭐 먹었다고?"

"아까 만두랑 바나나 먹었잖아."

나는 신경질 섞인 목소리로 대답했다. 도대체 그걸 왜 먹은 걸까? 아까 엄마가 만두 사 왔다고 하도 먹으라고 해서 어쩔 수 없이 만두 한 개를 먹었다. 원래는 저녁으로 딱 바나나 반 개만 먹을 생각이었는데.

"좀 나가. 나 공부해야 해."

난 엄마 쪽을 쳐다보지 않은 채 책상에 앉아 수학 문제집을 펼쳤다. 문제집은 엄마를 쫓아내기 위한 가장 강력한 도구다. 공부하는 아이를 방해하는 부모는 없으니까. 아니나 다를까, 엄마는 5초 정도 가만히 서 있다가 방문을 닫고 나갔다.

엄마가 나가자마자 나는 고개를 뒤로 젖혔다. 엄마와 아빠는 꼭 옛이야기 속 우산장수와 부채장수의 부모 같다. 어떤 노부부의 아들 두 명이 각각 우산장수와 부채장수다. 노부부는 비가 오면 부채장수 아들이 장사를 못 할까 봐 걱정하고 날이 쨍쨍하면 우산장수 아들이 장사를 못 할까 봐 걱정한다. 그러니까 매일매일 걱정만 하는 꼴이다. 엄마와 아빠도 그렇다. 내가 살이 쪘을 때는 소아비만, 고혈압, 당뇨 등을 걱정하더니만 이제는 날씬해지니 체력이 떨어질까 봐 전전긍긍이다. 과거의 내 모습을 아는 사람들은 지금 얼마나 보기 좋으냐며 다이어트를 그만하라고 하지만,

그 말을 들으면 입맛이 뚝 떨어진다. 지금 보기 좋다는 건 과거로 다시 돌아가면 보기 좋지 않다는 뜻이니까. 나는 절대로 다시 예전으로 돌아가지 않을 거다.

3

"박새미, 일어나."

연아가 내 어깨를 툭툭 쳤다. 책상에 엎드려 있던 나는 허리를 세웠다. 학원 수업이 끝났나 보다. 내가 언제부터 누워 있었던 거지? 선생님이 프린트된 종이를 줬을 때까지만 하더라도 기억이 나는데, 그다음부터는 기억나지 않았다.

"어젯밤에 늦게 잤어?"

예빈이의 물음에 고개를 저었다. 어젯밤에는 10시도 되기 전에 잠들었다. 요즘 기운이 하나도 없어서 집에 가면 거의 누워 있다.

가방을 챙기고 있는데 연아와 예빈이가 배가 고프다며 난리다.

"우리 마라탕 먹으러 갈래? 학원 앞에 식당 새로 생겼어!"

"오, 진짜?"

"응. 애들이 먹어 봤는데 엄청 맵대."

둘은 매운맛을 무척 좋아한다. 편의점에 가면 매운 볶음면을 고르고 떡볶이는 무조건 5단계 매운맛을 고른다. 한때 나도 매운

맛을 좋아했지만, 이제는 아니다.

"새미야, 너도 같이 가자."

연아가 내 팔을 잡아당겼지만 싫다고 대답했다. 매운 음식은 다이어트의 최고의 적이다. 사람들은 매운 음식이 지방을 연소시 킨다고 생각하는데, 그건 착각일 뿐이다. 매운 것을 먹으면 식욕이 자극돼 다이어트에 좋지 않다.

"매운맛은 사실 맛이 아니야."

"진짜?"

내 말에 연아가 몰랐다는 표정을 지었다.

"미각에는 단맛, 신맛, 짠맛, 쓴맛, 감칠맛 이렇게 다섯 가지만 있어. 매운맛은 실재하지 않는 통각일 뿐이라고. 혀를 자극하고 고통스럽게 해서 맛이라고 착각하는 것뿐이야. 그런 맛에 중독되 면 제대로 된 맛을 못 느껴. 자극적인 음식들은 다이어트에 엄청 안 좋아. 너희들 살 빼고 싶다며? 그럼 그런 거 먹지 마."

나는 다이어트를 하면서 알게 된 정보를 알려주었다. 그런데 예빈이와 연아의 표정이 좋지 않았다. 몰랐던 것을 새로 알게 됐 다는 반가움보다 지겨운 잔소리를 듣는 얼굴이다. 담임이 조회할 때 반 아이들의 표정이 이랬던 것 같은데.

"아, 몰라. 맛만 있으면 되지, 뭐. 그런 거 일일이 다 따지고 어떻 게 사냐?"

예빈이가 인상을 찌푸리며 말했다. 아, 이게 아닌데. 다이어트 학교에서 이 말을 하면 아이들이 다 날 우러러봤다. 지금은 내가 '설명충'이 되어 버린 것만 같다.

학원 입구에서 연아가 정말 같이 안 가겠느냐고 물었다.

"안 먹을래."

내 말이 끝나기 무섭게 연아와 예빈이가 우린 가 보겠다며 서로 팔짱을 낀 채 먼저 나갔다. 나는 둘이 걸어가는 뒷모습을 멍하니 서서 지켜봤다.

그냥 같이 갈 걸 그랬나? 혼자 집으로 돌아오며 조금 후회가 되었다. 한 입도 먹지 않고 가만히 앉아 있어도 되었을 텐데. 안 먹겠다는 게 같이 안 가겠다는 뜻은 아니었다. 예전에는 음식을 눈앞에 두고 참는 게 어려웠지만 이제는 괜찮다.

요즘 들어 연아, 예빈이와 더 멀어진 기분이다. 우리 셋은 중1 때 같은 반이 되면서 친해졌다. 함께 다이어트를 하자며 계획도 세웠다. 물론 성공한 적은 없다. 학교나 학원 끝나면 간식 사 먹으러 가기 바빴으니까. 그때 우리는 '크크간식단'이라는 이름까지 지었다. 음식을 다 먹고 나서 꼭 일부러 소리 내서 "크크" 하고 웃었기 때문이다. 중2 여름방학 때 처음 마주리 다이어트 학교에 다녀온 후 나는 간식단에서 빠졌다. 하지만 연아와 예빈이는 여전히 간식을 먹으러 다닌다. 둘은 수업이 끝난 후 매일 무언가를 사 먹으러 갔다. 어쩌다 한 번쯤은 같이 가도 되지 않을까?

'정신 차려, 박새미!'

나는 멈추어 서서 주먹으로 머리를 한 대 쿵 때렸다. 한 번쯤은 괜찮겠지, 라니. 그러다가 다시 예전으로 돌아가면 어쩌려고? 다이어트 할 때 절대로 해서는 안 되는 말이 "한 번쯤은 괜찮아"다. 한 번이 두 번 되고, 두 번이 세 번 되는 거다. 자칫하다가는 지금까지의 노력이 모두 물거품이 될 거다. 사람들이 날 쳐다보는 게 싫어 항상 고개를 숙이고 땅만 보며 다니던 시절로 돌아가고 싶지는 않다.

집으로 돌아오자마자 곧바로 체중계에 올라갔다. 47.5킬로그램. 휴, 다행이다. 아침보다 0.1킬로그램 줄었다. 체중계에 적힌 숫자를 보니 마음이 편해졌다. 하루에 0.1킬로그램이 빠지면 10일이면 1킬로그램이다. 그렇다면 한 달에 3킬로그램? 우히히. 이러다가 40킬로그램까지 가는 거 아닐까? 마라탕인지 뭔지 먹으러 가지 않길 잘했다. 음식 같은 건 먹을 때나 잠깐 기분 좋을 뿐이다.

침대에 누워 있는데 자꾸 연아와 예빈이가 생각났다. 걔네는 집에 잘 갔겠지? 셋이 있는 단톡방이 있지만 마지막 대화가 일주일 전이다. 연아와 예빈이는 둘이 따로 방을 만들어 대화를 하고 있는 눈치다.

난 연아에게 따로 메시지를 보냈다.

[마라탕 잘 먹었어?^^]

일부러 웃는 얼굴 이모티콘도 같이 보냈다. 연아에게 곧바로 'ㅇㅇ'이라고 답이 왔다. 아까 분위기 망쳐 미안하다고 말할까? 아니다. 괜히 긁어 부스럼을 만들 필요는 없다. 다음에는 같이 먹으러 가자고 할까? 하지만 다이어트를 망칠 수는 없다. 뭐라고 말해야 할까 고민하고 있는데 연아에게 메시지가 왔다.

[새미야…… 있잖아…… 아까 우리 좀 불편했어……. 네가 우리 생각해서 말하는 거 아는데 자꾸 그러니까…… 좀 그래…….]

연아가 말줄임표를 쓰는 건 많이 고민하다가 어렵게 말했다는 뜻이다. 그런데 '우리'라고? 연아가 말하는 '우리'는 연아와 예빈이다. 거기에 나는 없다.

[그리고…… 너도…… 다이어트…… 이제 그만해도 되지 않아? 거식증…… 그거 위험할 수도 있어…….]

너무 어이가 없어 핸드폰을 쥔 손이 부들부들 떨렸다. 지금 나를 환자 취급해? 둘이 마라탕을 먹으며 나를 엄청 씹어댔을 게 분명하다. 지금 살 때문에 더 고민해야 할 사람이 누군데? 연아와 예빈이는 언젠가부터 교복 치마가 작다며 생활복 바지만 입고 다녔다. 말은 안했지만 둘 다 1년 사이에 몸무게가 아마 7킬로그램은 넘게 찐 것 같았다. 어쩌면 둘은 나를 질투하고 있는지도 모른다. 자기들이 나날이 살찌고 있을 때 나만 점점 날씬해지고 있으니까.

내가 아무 대꾸도 하고 있지 않자 연아가 '기분 상했어?'하고 물었다.

[엄마가 들어오는 바람에. 아냐. 나 괜찮아.^^ 그럼 내일 만나~.]

난 아무렇지 않은 척 답을 보냈다. 두고 봐라. 나는 더 예뻐질 거다.

'미미시스터즈' 채팅방을 눌렀다. 보미와의 채팅방 이름을 '미미시스터즈'라고 지었다. 새미의 '미'와 보미의 '미'를 따서 말이다. 9시가 되기를 기다려 보미에게 메시지를 보냈다. 보미네 학원 방학 특강이 8시에 끝나서 집에 오면 9시쯤 된다고 했다.

[봄봄, 집에 옴?]

[응. 지금 막 집에 왔어. 너도?]

[난 아까.]

[아직 고등학교 입학도 안 했는데 벌써부터 지쳐. 앞으로 3년 어떻게 버티냐?]

[그러게. 죽었다 생각하고 버텨야지. 봄봄, 그래도 세상에서 가장 어려운

게 살 빼는 거래.]

[ㅋㅋㅋ.]

[우리 살 뺐던 것처럼 3년간 해 보자!]

보미와 대화를 하고 나니 연아, 예빈이 때문에 상했던 기분이
나아졌다. 보미는 성적 때문에 고민이 많은 것 같았다. 알고 보니
보미는 완전 사기캐였다. 부모님이 두 분 다 대형 로펌의 변호사
인데, 보미도 부모님과 같은 학교에 가고 비슷한 직업을 갖길 바
란다고 했다.

[참, 새미야, 오늘 뭐 먹었어?]

보미에게 오늘 먹은 음식량과 몸무게를 적어 보냈다. 우리는
매일 밤마다 이 두 가지를 공유한다. 난 점심으로 오이 한 개와 방
울토마토 다섯 개를 먹었다. 보미는 계란 흰자 하나와 양배추 찜
두 조각을 먹었다고 했다.

[근데 새미야, 배 안 고파? 나 지금 배고파 죽을 거 같아.]

보미의 말을 듣고 보니 조금 배가 고픈 것도 같았다. 내일 아침
에 일어나 먹는 게 좋지 않겠느냐고 말하려고 했지만, 또 설명충

같을까 봐 참았다.

보미는 방금 우유 한 잔을 마시고 왔다며, 이제야 좀 살 것 같다고 했다.

침대에 누워 있는데 자꾸 우유가 아른거렸다. 보미도 마셨다고 하니 나도 조금만 마셔 볼까? 주방으로 가서 냉장고 문을 열었다. 엄마가 나를 위해 사다 놓은 저지방 우유가 있다. 저지방 우유 한 컵은 80칼로리다. 컵에 반만 따랐다. 40칼로리 정도는 먹어도 괜찮을 거다. 나는 천천히 우유를 마셨다. 방으로 들어가려고 하는데 식탁 위에 카스텔라가 있었다. 내가 좋아하는 제과점에서 파는 거다. 아주 조금만 먹는 건 괜찮겠지?

상자에서 카스텔라를 꺼내 손가락 두 마디 정도만 잘랐다. 입에 넣자 카스텔라가 부드럽게 녹았다. 카스텔라를 먹으니 우유가 먹고 싶어졌다. 냉장고에서 우유를 다시 꺼내 반 컵을 따랐다. 목구멍을 타고 카스텔라와 함께 우유가 내려가는 게 느껴졌다.

어? 지금 내가 뭐 하고 있는 거야? 카스텔라에 우유까지 이게 다 몇 칼로리람! 이러다가 몸무게가 다시 늘어나는 게 아닐까? 내일 몸무게를 재면 다시 48킬로그램이 되어 있을 게 분명하다. 그러다가 49킬로그램이 되고, 50킬로그램이 되고, 또다시 더 늘어난다면?

갑자기 구역질이 나기 시작했고 화장실로 달려가 방금 먹은 걸 다 토해 냈다.

학원에 가지 않았다. 엄마한테 몸이 좋지 않다고 하니 하루만 쉬라고 했다. 학원에 가지 않았는데도 연아, 예빈이에게는 연락이 없다. 내가 궁금하지도 않은 걸까? 상관없다. 나도 그 둘에게 신경 쓰지 않을 거다. 며칠 전, 고등학교 배정 결과가 나왔는데 나만 집 근처인 A고에 가게 되었고, 걔네 둘은 B여고가 되었다. 어차피 다른 고등학교에 가기도 하고, 그 둘과 더는 통하는 것도 없다. 무엇보다 나한테는 보미가 있으니 괜찮다.

[봄봄, 언제 집에 가?]

아까 내가 보낸 메시지 톡 옆에 1자가 그대로 떠 있다. 9시 넘어 연락하기로 했지만 너무 심심해서 먼저 보냈다.

[봄봄, 나 오늘 점심에 닭가슴살 샐러드랑 메밀국수 먹었다.]

숫자 1이 사라졌다. 보미는 '대박! 진짜?'라고 답을 보냈다.

[ㅇㅇ. 엄마가 옆에서 지켜보고 있어서 어쩔 수 없이 먹었어. 그리고 화장실 가서 다 토함. 그래서 몸무게는 47.5킬로그램! 나도 너처럼 46킬로그램

까지 빼고 싶어~.]

　카페에 먹고 토하는 방법을 알려 주는 사람들이 있었다. 난 어렸을 때 체한 후 토했던 게 좋지 않은 기억으로 남아 있었다. 일곱 살 때인가 피자를 급하게 먹다가 체했고, 체기 때문에 머리가 깨질만큼 아팠다. 결국 밤에 자다가 깨어나 먹은 걸 다 토했다. 그때의 그 끔찍함이란. 가슴이 턱 막히고 머리가 멈추는 것 같아서 너무 싫었다. 그런데 오랜만에 다시 해 보니까 아주 잠깐만 고통스러울 뿐, 몸이 훨씬 가벼워졌다. 실제로 음식을 먹어도 몸무게가 조금도 늘지 않았다. 이제는 먹고 토하는 사람들이 왜 그러는지 이해가 갔다.

[먹토 짱임! 봄봄, 너도 해 봐!]

　보미는 요즘 몸무게 정체기라서 고민이라고 했다. 보미와 나는 다이어트에 관한 이야기뿐만 아니라 인강 정보라든가 친구, 가족 이야기도 나눴다. 내가 연아와 예빈이 이야기를 하자 보미는 내가 서운할 거 같다며 내 편을 들어주었다. 고등학교에 가서 새 친구를 사귀면 되지 않겠냐고 응원까지 해 주었다. 보미는 내가 카페에 올린 글에도 매번 응원 이모티콘을 남겨 주고 늘 다정하게 대해 준다.

아, 보미와 같은 고등학교에 가면 얼마나 좋을까? 이미 고등학교는 배정이 끝났으니 어렵지만, 학원은 가능할지도 모르겠다. 안 그래도 요즘 엄마가 보미가 다니는 지역으로 학원을 옮기는 게 어떻겠냐고 물었다. 보미가 다니는 학원에 가려면 집에서 버스 타고 40분이 걸리긴 하지만 보미와 함께라면 좋을 것 같다.

[봄봄, 너 솔청수 학원 다닌다고 했지? 나도 거기로 옮길까?]

보미에게 바로 답이 오지 않았다. 몇 분이 지난 후 보미가 메시지를 보냈다.

[우리 반 정원 꽉 찼어.]
[그래? 3월 새 학기 되면 새로 반 만들지 않을까?]
[내가 학원에 한번 물어볼게.]

보미가 당장이라도 오라고 할 줄 알았는데 반응이 그저 그랬다. 보미도 함께 다니는 친구들이 있을 테고, 보미는 공부를 좀 잘하는 것 같았다. 자기와 다른 반이 되면 내가 주눅 들까 봐 그런지도 모른다. 아, 나는 그것도 모르고. 보미한테 갑자기 너무 미안해졌다.

[봄봄, 이번 주말에 뭐 해? 나 영화 티켓 있는데. 우리 영화 볼래?]
[토요일은 학원 특강 있고 일요일은 할머니 생신이라서.]

아쉽지만 어쩔 수 없었다. 난 보미에게 겨울방학이 끝나기 전에 꼭 만나자고 했고 보미도 좋다고 했다.
화장실에 다녀왔는데 연아에게 메시지가 와 있었다.

[오늘 왜 안 왔어? 혹시 어디 아파?]

난 메시지를 확인했지만 일부러 답을 보내지 않았다.

SNS에 오랜만에 보미의 새 글이 올라왔다. 그런데 음식 사진이다. 타코와 바비큐, 나초칩 사진이 여러 장이고 그 아래 '존맛대맛. 또 먹으러 가야지'라고 쓰여 있다. 설마 이걸 보미가 먹은 걸까? 이게 칼로리가 다 얼만데? 어쩌면 다른 사람이 올린 사진일 수도 있다. 사진을 하나씩 자세히 봤다. 아무리 봐도 직접 찍은 사진 같다. 음식 옆에 초코링이 달린 보미의 가방도 찍혀 있다.
카페에 들어가 보미가 올린 글을 찾았다. 마지막 식단일기를 올린 지 일주일이 지났다. 설마 보미는 다이어트를 포기한 걸까? 보미는 정체기가 왔다며 힘들다고 했다. 이럴 때일수록 더 정신을 차려야 하는데.

[봄봄, 뭐 해?]

내가 보낸 메시지에 숫자 1이 계속 떠 있다. 요즘 보미는 공부하느라 바쁜지 핸드폰을 잘 확인하지 않았다. 보통 몇 시간이 지나서야 연락이 왔다.

오늘도 밤이 되어서야 보미에게 답이 왔다. 보미는 핸드폰을 두고 학원에 다녀왔다고 했다.

[요즘 식단일기 왜 안 올려?]

[아, 바빠서.]

나는 보미가 몹시 걱정되었다. 하지만 SNS를 봤다고 말할 순 없었다. 처음 팔로우했을 때부터 말했으면 모를까, 이제까지 몰래 들어가 봤으니까.

[봄봄, 몸무게 안 늘었지?]

대신 돌려서 물었다. 곧바로 보미는 'ㅇㅇ'이라고 답을 했다. 휴우, 다행이다. 아! 어쩌면 보미는 씹토를 하는 걸까? 내가 먹토를 추천했지만 그건 목이 아파서 못 하겠다고 했다. 하지만 씹고 뱉는 건 목이 아프지 않다. 하지만 나는 오히려 씹토가 더 어렵다.

한 번 입 안으로 들어온 걸 삼키지 않고 뱉는 데는 어마어마한 자제력이 필요하다.

핸드폰 사진첩에 들어가 정신이 번쩍 들 만한 사진을 찾아서 보미에게 보냈다. 내가 즐겨 보는 사진들이다. 완전 마른 사람들의 사진을 보면 자극이 되면서 다이어트 의지가 생긴다. 어떻게든 보미를 돕고 싶다. 보미는 나의 가장 친한 친구니까.

[봄봄, 우리도 할 수 있어!]

보미에게 응원 메시지를 보냈다. 이모티콘도 여러 개 보내고 보미의 목표 몸무게인 43을 계속 입력했다. 이러면 보미가 기운을 낼 거다. 내가 배고프다고 할 때마다 보미가 45를 보내 주면 정신이 들었기 때문이다.

채팅방은 내가 보낸 메시지로 가득 찼다.

보미가 자주 쓰는 이모티콘을 보낼 줄 알았는데 이모티콘 대신 메시지가 왔다.

[다이어트 이야기 좀 그만할 수 없어? 질린다, 정말.]

당황해 가만히 핸드폰만 쥐고 있는데 보미에게 다른 메시지가 왔다.

[미안해. 요즘 공부 때문에 스트레스가 심해서. 엄마 아빠도 자꾸 성적 때문에 뭐라 하는데 다이어트까지 하려니까 너무 힘드네.]

난 곧바로 괜찮다고 답을 보냈다. 보미가 어떤 마음일지 나는 충분히 안다. 내가 보미를 이해하지 못하면 누가 보미를 이해할까. 다이어트 하나만 하기도 힘든데 공부까지 해야 한다. 배가 고플수록 신경질이 더 난다. 안 그래도 예민한데 내가 괜히 보미를 자극했나 보다. 나를 가장 잘 이해해 주는 사람이 보미이듯 나도 보미에게 그런 존재가 되어야 하는데.

보미에게 미안하다고 장문의 메시지를 보냈다.

[나 인강 들으려고.]

보미가 듣는 챕터를 물은 후 따라서 그 강의의 재생 버튼을 눌렀다. 케이 샘의 목소리가 나오기 시작했고, 마치 강의실에서 보미 옆자리에 앉아 함께 수업을 듣는 것만 같았다.

5

45.9킬로그램! 드디어 몸무게가 45킬로그램대에 진입했다. 겨

울방학 한 달 동안 몸무게가 3킬로그램이 빠졌다. 마주리 다이어트 학교에 못 들어가서 걱정했는데 카페와 보미 덕분에 성공할 수 있었다. 이제 보미와 몸무게가 거의 비슷해졌다. 핸드폰 메시지 톡으로 들어갔다.

어? 뭐지? 미미시스터즈 방 이름이 '(알 수 없음)'으로 바뀌어 있었다. 친구 목록에서 보미를 찾았지만 없었다. 보미에게 무슨 일이 생긴 걸까? 전화를 걸었지만, 연결이 되지 않는다는 안내음만 나왔다. 혹시 부모님한테 핸드폰을 뺏긴 걸까? 며칠 전에 보미는 핸드폰을 너무 많이 본다는 이유로 부모님과 다퉜다고 했다.

걱정스러운 마음에 카페에 들어갔다. 보미에게 쪽지를 남기려고 하는데 탈퇴한 회원이라고 나왔다.

3일을 기다렸지만 보미는 메시지 톡에 다시 뜨지 않았고 카페에도 돌아오지 않았다. 전화도 받지 않는다. SNS와 일반 문자메시지로 괜찮은 거냐고 물었지만 답이 없었다.

보미에게 무슨 일이 생긴 걸까? 보미와 연락이 안 되는 시간이 길어질수록 나쁜 생각이 들었다. 카페 회원 중에 간혹 병원에 입원하는 경우도 있다고 들었다. 보미가 그 정도로 심하게 다이어트를 한 걸까?

보미 걱정에 아무것도 할 수 없었다. 결국 보미가 다니는 학원 앞으로 찾아갔다. 아직 수업 시간 중이라 그런지 학원 앞은 조용하다.

　고개를 들어 하늘을 보니 보미 프로필과 같은 각도의 건물과 하늘이 나왔다.

　너무 일찍 학원 앞에 도착했나 보다. 찬바람을 계속 쐬었더니 목이 더 말랐다. 날도 추워 계속 바깥에 서 있는 것도 힘들다. 몸도 녹일 겸 학원 옆에 있는 편의점으로 들어갔다.

　냉장고에서 물을 꺼내 계산대로 걸어가고 있는데 벽에 전신 거울이 붙어 있었다. 살을 빼기 전에는 거울이 너무 싫었다. 세상 모든 거울을 다 없애고 싶을 정도였는데 이제는 거울이 좋다. 언제든 나를 볼 수 있으니까. 그런데 이 거울은 좀 이상하다. 실제 내 모습보다 더 뚱뚱해 보였다. 가로로 늘려 있는 거울이다. 옷가게에는 일부러 세로로 길게 늘인 거울이 있다. 매장에 있는 옷을 입고 실제보다 날씬하게 보여 옷이 예쁘다고 착각하게 만들기 위해서다. 그런데 이건 반대다. 뭐 이런 거지 같은 거울이 있나 모르겠다. 내가 어딜 봐서 이렇게 살쪘다는 거야? 난 휙 고개를 돌린 후 물을 계산했다.

　학원 입구에 서 있는데 아이들이 우르르 몰려나왔다. 맨 먼저 나온 여자아이들 무리에게 물어보려고 하는데 뒤 무리 아이들 속 초코링 인형이 눈에 확 들어왔다. 한 아이 가방에 초코링 인형이 걸려 있었다. 저건 보미 가방에 달려 있던 건데? 가방도 보미 SNS에 올라온 주황색 가방과 같았다. 하지만 저 초코링이 보미일 리가 없다. 저 아이는 아무리 봐도 60킬로그램은 되어 보였다.

초코링 무리가 편의점으로 들어갔고 나도 따라 들어갔다. 초코링 무리는 시끌시끌하게 라면과 삼각김밥 등을 고른 후 계산을 하고 컵라면에 물을 붓기 시작했다. 보미에게 전화를 걸었지만 곧바로 안내 멘트로 넘어갔다. 인터넷에 물어보니 통화 연결음이 나오지 않는 것은 번호를 차단했을 때 그렇다고 했다.

점원에게 다가가 배터리가 없어서 그렇다며 핸드폰을 쓸 수 없느냐고 물었다. 점원은 인상을 살짝 찌푸리긴 했지만 핸드폰을 빌려 주었다. 보미의 핸드폰 번호를 꾹꾹 눌렀다. 이번에는 통화 연결음이 나왔고 컵라면 앞에 있는 초코링이 전화를 받았다.

"여보세요? 여보세요?"

나는 전화를 끊은 후 핸드폰을 점원에게 돌려주었다. 그리고 초코링에게 다가갔다.

"박보미."

초코링은 고개를 돌려 나를 봤다.

"나 박새미야."

초코링의 얼굴은 물음표가 아니라 느낌표였다. 초코링은 박새미를 알고 있다. 초코링이 보미였으니까.

보미와 함께 편의점 밖으로 나갔다. 뭐부터 물어봐야 하나 생각하고 있는데 보미가 먼저 말했다.

"너 여기 왜 왔어? 너 내 스토커야? SNS도 찾아내더니만. 아,

짜증나."

보미의 말투는 아주 싸늘했다.

"아니. 내가 물어야지. 왜 내 번호 차단했어? 아니, 왜 거짓말한
거야? 네가 무슨 46킬로그램이야? 네가 어디? 어떻게?"

나는 당황해서 말도 제대로 나오지 않았다.

"그게 뭐?"

보미는 태연하게 나를 바라보며 뭐가 잘못된 거냐고 물었다.

"그건 내 부캐일 뿐이야. 넌 다 진짜였어? 너도 카페 사람들한
테 거짓말했잖아. 원래 말랐다며? 근데 나한테는 20킬로그램 이
상 뺀 거라고 했잖아."

"그게 무슨 거짓말이야. 그건 그냥⋯⋯."

그다음 말이 생각나지 않았다.

"어쨌든 나 이제 그 카페 관심 없어. 다이어트 해 볼까 해서 가
입해 본 것뿐이야."

나는 나를 두고 돌아서는 보미를 따라갔다. 재빨리 걸어가 보
미 앞을 막아 세웠다.

"그럼 너 B학교 입학하는 건 진짜야?"

"맞아."

"그럼 너희 부모님 변호사라는 건? 그건 진짜 맞아?"

"그건 아니야."

흥분해서 떨리는 내 목소리와 달리 보미는 차분했다. 보미는

내가 묻는 말에 심드렁하게 대답했다.

"그럼 너 외동인 건?"

"맞아."

"아델 노래 좋아하는 건?"

"별로 안 좋아해."

"도대체 너 어디까지가 진짜고 어디까지가 가짜야?"

"그게 왜 중요한데?"

보미는 그만 좀 물어보라며 화를 내고는 편의점으로 다시 들어 갔다. 나는 따라 들어가지 않은 채 바깥에서 보미를 바라봤다.

보미와 친구들이 내 쪽을 가리키며 뭐라고 말을 하는 게 보였 다. 그 아이들은 편의점을 나오며 이상하다는 듯 나를 힐끔거리 고는 가 버렸다.

버스를 타지 않고 터덜터덜 길을 걸었다. 아무 생각도 나지 않 는다. 아무 생각도 하고 싶지 않았다.

얼마나 걸었을까. 걷고 있는데 갑자기 어지러웠다. 다리에 힘이 풀리고 귀에서 윙 하는 소리가 났다. 길에서 쓰러질 수는 없어 옆 에 있는 가게에 들어가 빈 의자에 앉았다.

"지금 마감 시간이라 떡볶이밖에 안 되는데."

내가 들어온 곳은 분식점이었다.

"떡볶이 줘요?"

주인이 재촉해 귀찮은 나머지 고개를 끄덕였다. 아무것도 시키지 않고 여기 계속 앉아 있을 수는 없다.

오늘 내가 만난 보미는 누구지? 내가 알던 보미는 또 누구고? 누가 진짜고 누가 가짜지?

컵에 물을 따라 마시는데 아무 맛도 나지 않는다. 손가락으로 볼을 꼬집었다. 왜 아프지 않지? 내가 만지고 있는 건 내 볼이 맞을까? 나는 진짠가?

잠시 후 주인은 떡볶이를 담아 내 앞에 가져다주었다. 가만히 떡볶이를 내려다봤다. 뜨거운 김과 함께 냄새가 코를 찔렀고 목구멍에 침이 고여 나도 모르게 꼴깍 침을 삼켰다.

포크로 떡볶이를 하나 찍었다. 포크 끝에 떡볶이의 탱탱함이 느껴졌다. 그러고 보니 오늘 아침 방울토마토 3개를 먹은 게 다다. 그러니 떡볶이 딱 하나쯤 먹어도 될 거다.

포크를 들어 떡볶이를 입에 넣었다. 떡은 생각보다 더 쫄깃했다. 떡볶이를 먹은 게 얼마만인지 기억나지 않는다. 지난여름, 마주리 다이어트 학교에 들어가기 직전에 연아랑 예빈이가 최후의 만찬이라며 사준 게 마지막이었던 것 같다. 둘은 다이어트 학교에 입소할 때마다 내게 맛있는 걸 사줬다. 그때 먹은 떡볶이는 매웠지만 참 맛있었는데.

먹은 것을 다 토하고 나면 속이 빈 느낌이 들었다. 아무것도 차지 않은 느낌. 음식을 먹을 때도 맛이 아예 느껴지지 않을 때가 많았다. 한 입 먹을 때마다 칼로리를 생각했고 체중계 숫자를 떠올렸다. 그러다 보면 숫자를 삼키는 건지 음식을 먹는 건지 분간이 되지 않았다.

45.9킬로그램이 된 나는 이전의 나와 다른가? 몸무게가 다시 늘어나면 내가 아닐까? 체중계 위 숫자는 진짜일까? 가만, 혹시 체중계가 고장 난 거면 어쩌지? 설마 엄마 아빠가 일부러 적게 나가도록 조작한 건 아니겠지? 도대체 뭐가 진짜고 뭐가 가짜일까. 하나도 모르겠다. 아무것도 모르겠다.

떡볶이 하나를 더 포크로 찍어 입에 넣었다. 양념은 매콤하면서 달콤했고 떡은 쫄깃쫄깃했다. 나는 천천히 오래 떡볶이를 씹었다.

떡볶이는 진짜였다.

미니 인터뷰

☁ '나의 삶'에 내가 조연인 것처럼 느껴지는 청소년들에게 하고 싶은 말이 있다면, 어떤 이야기를 해 주고 싶으신가요?

김혜정 SNS가 범람하는 시대에서 주인공으로 사는 건 정말 쉽지 않은 것 같아요. 예전에는 내 주변 사람들만 알았다면, 이제는 직접 만나지 못하더라도 많은 사람의 소식을 알게 되는 세상이니까요. 몰라도 되는 것까지 알게 되잖아요. 제가 인생을 살면서 깨달은 건 몰라서 문제가 되는게 아니라, 이미 알고 있는 것을 잊어버려서 문제가 되는 거더라고요. 내 인생의 주인공은 당연히 나인데, 어느새 그걸 잊게 돼요. 저도 가끔 그래요. 다른 사람을 부러워하고, 다른 사람과 비교하다 보면 내가 내 인생의 주인공이 아니라, 내가 부러워하는 사람 인생의 조연이 돼요. 더 최악으로는 그 사람 인생의 엑스트라로 살 수도 있어요. 엑스트라의 인생만큼은 살지 말아야죠!

주인공이면 '주인공답게!' 살려고 노력을 해야 해요. 나는 나니까 특별한 거고, 나는 나이기에 소중한 거예요. 다른 이유는 필요하지 않아요. 세상에서 가장 어려운 일 중 하나가 나를 온전히 좋아하는 일 같아요. 어렵지만, 중요한 일이니까 한 번 해 봐요. 저도 계속 노력 중이에요.

☁ '마주리 다이어트 학교'는 없어졌지만, 여전히 우리 삶 속에는 스스로를 '마주리 다이어트 학교'에 가두고 있는 친구들이 많이 있죠. 언젠가 SNS에서 '프로아나'가 화제가 된 적도 있었고요. 그런 아이들에게 어른으로서 전해 주고 싶은 말이 있으신가요?

아름답다는 게 뭘까요? '아름'은 두 팔을 둥글게 모아서 만든 둘레, 라는 뜻이래요. 그러니까 아름답다는 건 내가 두 팔을 벌린 만큼, 즉 나답다는 게 아닐까요? 다이어트를 잘 하는 사람들은 멋져요. 자기 삶을 통제하고 관리한다는 거니까요. 하지만 정도라는 게 참 중요해요. 나답기 위해, 나를 위해 하는 다이어트가 나를 고통으로 치닫게 하고 나를 미워하게 만든다면? 그건 자신을 지옥에서 살게 하는 일이에요.

『다이어트 학교』에서 다이어트 학교에 입소한 홍희와 민아, 현재, 그리고 지용, 지유 남매는 원하는 결과에 도달하는 과정에서 자신을 미워하게 된다는 것을 알고 학교를 탈출해요. 하지만 새미는 그렇지 못했어요. 원하는 몸무게 위 숫자를 위해 달려가기

만 하다가 마음도 힘들어지고, 친구도 잃어요. 몸과 마음이 다 피
폐해졌죠. 저도 새미 같은 마음을 가졌던 적이 있어요. 세상의 모
든 새미에게 말해 주고 싶어요. 네가 조금 더 편해졌으면 좋겠다
고. 조금 더 있는 그대로의 너에게 너그러워졌으면 좋겠다고 말
이에요.

☁ 최근 작가님의 근황 중 인상 깊었던 일과 앞으로의 계획에 대해 알
려 주세요.

『다이어트 학교』책이 나온 지 벌써! 11년이 되었어요. 그 시간
동안 저도 무럭무럭 자랐어요. 『다이어트 학교』를 낼 때는 아이
가 없었는데, 이제 아홉 살 어린이와 함께 살고 있어요. 어린이와
지내는 덕분에 이제는 청소년 소설뿐만 아니라 어린이가 읽는 동
화도 쓰게 되었어요. 우리 집 어린이가 크는 속도에 맞춰 저학년
동화, 고학년 동화, 청소년 소설을 쓸 거 같아요. 어린이 덕분에
타임머신을 타지 않아도 과거의 저와 만날 수 있게 되었거든요.
11년 동안 글을 쓰면서 즐거웠어요. 앞으로도 즐겁게 글을 써서
독자님들과 만나고 싶어요.

여름날의 미스터리

안영민

유
영
민

서울에서 태어나 서울예대 문예창작과를 졸업했다. 첫 장편소설 『오즈의 의류수거함』으로 제3회 자음과모음 청소년문학상을 수상하며 작품 활동을 시작했다. 장편소설로 『헬로 바바리맨』이 있고, 참여한 소설집으로 『십대의 온도』『마구 눌러 새로고침』이 있다.

1

"너는 다른 배역과 자연스러운 조화를 이루지 못해."

무대 리허설을 막 마친 참이었다. 숨 막히는 침묵이 지나간 뒤 교수님은 무겁게 입을 열었다.

"감정 표현이나 대사 처리가 문제라면 노력해서 개선될 수 있어. 하지만 넌 그게 아니야. 극의 흐름에서 혼자 벗어나 있다니까? 너 때문에 몰입할 수 없을 지경이야. 게다가 넌 극을 이끌어가야 하는 위치잖아. 이건 정말 심각한 문제라고."

이미 비슷한 지적을 여러 차례 받은 터였다. 나는 붙잡힌 범인처럼 따가운 시선을 견디며 우두커니 서 있었다. 교수님은 실망을 숨길 수 없다는 표정으로 나를 쳐다보았다.

"냉정하게 충고하자면 너희 조는 다른 애를 주연으로 올리는 게 좋겠어. 공연까지 시간이 꽤 남았으니까 일단……."

교수님의 말이 이어지는 내내 나는 고개를 푹 숙인 채 아랫입술을 깨물고 있었다. 화가 나는가 하면 그렇지도 않고, 슬픈가 하면 역시 그렇지도 않았다. 다만 답답할 뿐이었다. 나는 내 연기 문제를 해결하기 위해 아예 대본을 통째로 외우고, 매일 반복되는 리허설 뒤에 따로 남아 밤늦도록 연습도 했다. 그런데도 별 소용이 없던 것이다. 도대체 뭐가 원인일까. 아직도 노력이 부족한 걸까. 어떻게 해야 할까.

이윽고 강평이 끝나자 나는 겉옷을 챙겨 입고 주춤주춤 실습실을 나섰다. 그러는 동안 조원들 누구도 내게 말을 걸지 않았다. 한쪽 구석에 앉아 있던 교수님만이 나를 안쓰러운 눈길로 바라볼 뿐이었다.

오후의 캠퍼스는 눈부신 햇살로 가득 차 있었다. 새내기로 짐작되는 과잠 차림의 학생들이 삼삼오오 모여 있는 모습이 눈에 들어왔다. 건물들 사이로 곧게 뻗은 대로를 얼마쯤 걷자 학생회관이 나타났다. 그 앞에 친숙한 인물이 보였다. 나는 재킷 주머니에 두 손을 찔러 넣고 종종걸음을 쳤다.

"오래 기다렸어?"

내가 묻자 도로시는 고개를 저었다.

"아니, 방금 도착했어."

오버핏 후드티에 치노 팬츠를 입은 도로시는 커다란 토트백을 메고 있었다.

"날씨가 좋아서 자전거 타고 왔지."

나를 만나기 위해 도로시는 이따금 우리 학교로 찾아온다. 캠퍼스가 예뻐서 데이트 장소로 애용한다. 도로시는 이제 여기가 자기 학교보다 편하고 익숙하다며 너스레를 떨곤 했다.

우리는 학생회관으로 들어갔다. 1층에 위치한 식당에는 벌써 긴 줄이 늘어서 있었다. 나를 향해 아는 척을 하는 학과 동기들을 보고 도로시는 감탄하듯 중얼거렸다.

"연영과라서 그런지 외모가 멋진 애들이 많단 말이야. 올 때마다 제대로 눈 호강 하는구만."

나는 도로시의 옆구리를 쿡쿡 찔렀다.

"야, 그게 남친 옆에서 할 소리야?"

도로시는 허리를 비틀며 웃었다.

"뭐야, 질투하는 거야?"

오늘 점심 메뉴는 해물 덮밥이었다. 식판을 받아든 우리는 볕이 잘 드는 창가 자리에 앉았다. 학생들이 꽉 들어찬 식당은 시끌벅적했다. 도로시는 행복한 표정을 지으며 부지런히 숟가락을 움직였다.

"음, 확실히 우리 학교보다 맛있어."

"넌 뭐든 잘 먹잖아."

"그거 칭찬이야? 아니면 비꼬는 거야?"

"칭찬이야, 칭찬."

"너, 단무지 싫어하지? 나 줘."

"어? 그래."

한참 밥을 먹는 중에 무심코 통유리 방향으로 고개를 돌려 보니, 아름드리 플라타너스가 눈에 들어왔다. 바람에 흔들리는 연초록 나뭇잎을 바라보던 나는 어느덧 도로시와 사귄 지 2년이 지나가고 있음을 깨달았다. 아직도 때때로 내가 정상적 삶의 궤도로 돌아왔다는 것이 믿기지 않았고, 내 또래의 평범하고 단순한 일상을 살아가고 있다는 사실이 낯설었다. 나는 뒤늦게 찾은 이 평온함과 안정감이 너무나 소중하게 여겨졌다.

"무슨 생각해?"

도로시가 묻자 나는 미소를 지었다.

"그냥, 바깥 풍경이 예뻐서."

"참, 우리 학교 축제에 올 거지?"

"물론 가고는 싶지. 근데……."

"공연 연습?"

도로시는 금세 시무룩한 얼굴이 되었다. 나는 그 애를 달래듯 말했다.

"너도 알다시피 내가 주연이잖아. 2학년이 주연을 따낸 경우는 학과가 생긴 이래 처음이래."

"역시 얼굴발이 좋긴 하구나."

도로시는 입을 삐죽 내밀었다. 말없이 도로시를 바라보다가 나는 짧게 한숨을 내쉬었다.

"어쨌든 미안해."

사과를 하자 도로시는 서운함이 깃든 목소리로 중얼거렸다.

"뭐…… 학교 일 때문이라면 어쩔 수 없지."

식사를 마친 우리는 교정을 산책했다. 본관 앞 분수대 광장에 다다르자 많은 사람을 볼 수 있었는데, 학생뿐 아니라 정장 차림의 샐러리맨과 유아차를 동반한 주부, 유치원생 들도 눈에 들어왔다. 도로시와 나는 분수대를 배경으로 사진을 찍으며 여유를 즐겼다.

초여름 햇살 속에서 얼마쯤 시간을 보낸 다음 우리는 교내 카페테리아를 찾았다. 아이스 라테를 마시다가 아까 전 교수님의 지적을 떠올린 나는 기분이 급격하게 우울해지는 것을 느꼈다. 긴 망설임 끝에 나는 도로시에게 고민을 털어놓기로 작정하고 어렵사리 말문을 열었다.

"있잖아, 나 말이야……."

"동아리에서 북촌 한옥마을로 출사 갔거든."

말허리를 잘랐지만 도로시는 개의치 않고 이야기를 쏟아 냈다.

"거기 정말 좋더라. 세상에, 렌즈를 어디 갖다 대도 다 작품이 되는 거야. 특히 한옥의 살짝 올라간 처마가 그렇더라고. 기품과

요염함이 동시에 느껴진달까? 아무튼, 이번에 내 인생작도 나왔어. 흑백으로 찍었는데, 아마 너도 보면…….”

나는 조용히 내 신발 앞코만 내려다보고 있었다.

“너, 지금 딴생각하고 있지?”

“어.”

“어? 사람 무시하는 거야?”

“너도 나 무시했잖아.”

“내가 언제?”

“방금 전에. 말하던 중간에 네가 끊었다고.”

“중요한 거였어?”

“그래.”

도로시는 한결 누그러진 목소리로 말했다.

“미안해. 말해 봐.”

조금 뜸을 들인 다음 나는 입술을 뗐다. 교수님에게 매번 같은 지적을 받고 있으며, 나 때문에 작품을 망칠지도 모른다고. 게다가 요즘 들어 자신감이 떨어지면서 과연 배우가 내 길인지 의구심과 회의감까지 든다고.

내 얘기가 제법 심각해서인지 도로시는 오랫동안 침묵했다. 그러다가 조심스럽게 위로했다.

“그동안 많이 힘들었겠다…….”

도로시는 테이블 위로 팔을 뻗어 내 손을 잡았다.

"어째서 나는 다른 배역과 조화를 이루지 못하는 걸까. 도대체 그 이유가 뭘까."

다른 손님들이 자리를 떠서 주위가 몹시 고요했다. 도로시는 생각에 빠진 듯하다가 입을 열었다.

"예전에 내가 냈던 수수께끼 기억나? 의류수거함 의미 말이야. 정답이 '나눔'이었잖아."

나는 지난 기억을 떠올렸다. 도로시와 함께 밤거리를 누볐던 일. 얼마 지나지 않았는데도 오래전처럼 아득하게 느껴졌다.

"나는 연기를 잘 모르지만, 그것도 일종의 나눔이 아닐까?"

입을 다문 채 나는 도로시의 이어질 말을 기다렸다.

"연기라는 건 혼자 하는 게 아니잖아. 동료들과 감정을 나누면서 시너지가 나는 거 아니겠어?"

나는 고개를 주억거렸다.

"맞아. 재치 있는 애드리브나 리액션도 배우들 간의 좋은 호흡이 뒷받침되어야 하지."

"그런데 너는 외톨이로 자라면서 늘 경쟁에 내몰렸잖아. 그 때문에 타인과의 진실된 감정 교류가 적을 수밖에 없었고. 그래서 친밀성이나 사교성이 떨어지는 게 아닐까? 결론적으로 말해, 그런 결핍이 네 연기에 부정적 영향을 끼치는 거지."

더없이 일목요연하고 간단명료한 분석에 나는 눈을 크게 떴다. 마치 뒤통수를 세게 얻어맞은 기분이었다.

"네 말이 맞아."

모든 확신을 잃은 나는 고개를 떨군 채 떨리는 목소리로 중얼거렸다.

"이제 어떻게 해야 하지? 연기를 포기해야 할까…….."

"포기라니, 말도 안 돼!"

안타깝고 슬픈 눈으로 나를 바라보던 도로시가 몸을 일으켜 곁으로 다가왔다. 그러고는 내 어깨를 감싸 안았다.

"네게 조언을 해 줄 분이 있어."

나는 천천히 고개를 들었다.

"조언?"

도로시는 부드럽게 미소지었다.

"응, 아마 네게 큰 도움이 될 거야."

2

도로시가 나를 데려간 곳은 뜻밖에도 마마의 밥집이었다. 현재 그곳은 장소를 대로변으로 옮겼고 규모도 예전보다 훨씬 커져 있었다(사회복지시설에 선정되어 지원금을 받는 덕택이었다). 게다가 식사를 제공하는 대상도 넓어져서 아이들뿐 아니라 독거노인들까지 찾아왔다.

꽤 오랜만의 방문이었다. 출입문을 열자 고소한 내음이 섞인 후끈한 공기가 밀려왔다. 점심시간이 훌쩍 지나서인지 안에는 아무도 없었다. 대여섯 개의 테이블이 놓인 홀을 지나쳐 주방으로 다가가자 튀김 망을 든 마마가 보였다.

"어머, 이게 누구야!"

마마는 반색하며 우리를 맞았다. 과거보다 훨씬 살이 빠진 그녀에게서 밝고 건강한 기운이 전해져 왔다.

"잘 지내셨어요?"

도로시가 인사를 하자 마마는 활짝 웃었다.

"이제는 아가씨가 다 됐네!"

마마는 나를 돌아보더니 깜짝 놀라는 시늉을 해 보였다.

"어머, 너는 아이돌 해도 되겠다!"

나는 씨익 웃었다. 마마가 도로시와 나를 번갈아 포옹하는 동안 주방 뒤쪽 문이 열리더니 한 중년 남자가 커다란 식용유 통을 들고 나타났다.

"삼촌!"

도로시와 나는 동시에 외쳤다.

"오, 너희들 왔구만."

카스 삼촌은 따뜻한 미소를 지으며 다가왔다. 핑크색 앞치마를 두른 그를 보고 도로시는 웃음을 삼켰다.

"앞치마가 잘 어울리는데요?"

"내래 마마님을 도와 요리를 하잖아. 이제는 남조선 반찬도 익숙해졌어."

우리가 감탄하자 카스 삼촌은 자랑하듯 덧붙였다.

"특히 감자조림은 맛있다고 다들 난리야."

마마는 한참 저녁 배식을 준비하고 있었다며 도로시와 나에게 잠깐 기다려 달라고 했다. 의아함을 느낀 내가 물었다.

"저녁도 해요?"

"응, 꼭 필요한 아이들이 있거든."

"저녁까지 하려면 운영비가 많이 들 텐데……."

"물론 빠듯한 형편이긴 하지만, 요즘은 개인 기부금도 조금씩 들어오고 있어서 버틸 만해."

주방을 돕겠다고 했으나 마마는 괜찮다며 손사래를 쳤다. 궁리 끝에 도로시와 나는 홀을 청소하기 시작했다. 그런 우리의 모습을 마마와 카스 삼촌이 흐뭇한 표정으로 바라보았다.

"있잖아, 마마님이 아마추어 연극단으로 활동하고 있는 거 몰랐지?"

빗자루질을 하던 도로시가 마치 큰 비밀처럼 속삭였다. 놀란 나는 곧장 되물었다.

"진짜?"

"말만 아마추어지, 거의 준프로급이야. 시민 연극제에서 상도 탔어."

"와, 진짜 대단하다."

"연기 선배로서 분명 네 고민의 해결책을 알고 계실 거야."

일을 마치고 여유가 생기자 전부 모여 다과를 즐기며 대화를 나눴다. 화제는 자연스럽게 의류수거함 멤버들의 근황으로 흘러 갔다. 먼저 도로시가 호주에 있는 마녀님의 소식을 전했다.

"배낭여행을 하다가 브리즈번이라는 곳에 정착했대요."

조심스럽게 내가 끼어들었다.

"나, 거기 알아. 초등학생 때 가 본 적 있거든. 일 년 내내 따뜻한 날씨가 이어지는 평화로운 도시지."

"그곳에서 목공학교에 들어갔대요. 수업이 너무 재밌다고 하더 라고요."

마마가 깜짝 놀랐다.

"목공학교?"

"마녀님이 원래 손재주가 좋거든요."

마마와 카스 삼촌은 적지 않은 나이인데도 새로운 분야에 도전 하는 마녀님이 멋지다고 입을 모았다. 도로시에 이어서 카스 삼 촌이 숙자 씨 소식을 전했다.

"얼마 전에 통화를 했는데, 광주에 있다는구만. 선배가 운영하 는 동물병원에서 일을 시작했다는 기야."

도로시와 나는 소리를 지르며 기쁨을 표시했다. 카스 삼촌은 웃으면서 말을 보탰다.

"언제 한번 다 같이 놀러 오래. 제대로 된 남도 요리를 대접하겠다면서."

마마가 즉각 반응을 나타냈다.

"저는 늘 그쪽 음식이 궁금했어요. 전라도가 맛으로 유명하잖아요."

"정말 같까요? 마녀님도 가을 쯤에 한국 들어올 거라고 했거든요. 그때 날짜 맞춰서 다 같이 가면 좋을 것 같아요."

도로시가 제안하자 카스 삼촌이 얼른 찬성했다.

"고거이 잘됐구만! 나도 오랜만에 노숙자 친구 만나서 맥주 한 잔하고 싶어."

우리는 여행 삼아 놀러 가기로 쉽게 합의하고 계획을 세웠다. 몇 년 만에 의류수거함 멤버들이 전부 모인다고 생각하니 벌써부터 가슴이 두근거렸다.

한동안 들뜬 기분으로 여행에 대한 수다를 떤 뒤, 마마는 도로시와 나를 향해 물었다.

"너희들, 대학 생활은 어때?"

도로시가 활짝 웃으며 재밌다고 대답한 반면, 나는 조용히 미소만 지었다. 내 얼굴을 살피더니 마마가 말했다.

"음, 뭔가 걱정거리가 있는 것 같은데?"

도로시는 이야기를 꺼내야 한다면 당사자여야 한다고 생각하는지 입을 다물고 나를 바라보기만 했다. 오래 주저하다가 나는 가라앉은 목소리로 그간의 일을 털어놓기 시작했다. 모두가 침묵 속에서 귀를 기울여 주었다.

"그런 마음고생을 하고 있었구나……."

내 속사정을 들은 마마는 사려 깊은 표정으로 고개를 주억거렸다. 카스 삼촌은 보이지 않게 내 등을 토닥였다.

"마마님이 좀 도와주세요."

도로시가 부탁하자 마마는 당황했다.

"내가 다른 사람에게 도움을 줄 입장은 아니야. 나 역시 아마추어일 뿐이니까……."

"부담 가지실 필요 없어요. 그저 연기 선배로서 조언 정도만 해 주시면 돼요."

나도 도로시를 거들어 말했다.

"맞아요. 그냥 편한 마음으로 말씀해 주세요."

마마는 도로시와 나를 쳐다보다가 옅은 한숨을 내쉬었다. 그러고는 몸을 일으켜 팔짱을 낀 자세로 주위를 서성였다.

"연기란 근본적으로 인간에 대한 통찰이라고 볼 수 있지. 그걸 바탕으로 삶을 이해하는 거야……."

마마의 얼굴이 어느틈에 진지하게 바뀌어 있었다.

"하지만 그러려면 시간이 필요해. 아주 많은 경험을 해 봐야 하지. 사랑과 증오, 분노와 절망, 회한 같은 감정도 직접 느껴 봐야 하고."

도로시가 그랬듯 마마는 안타까운 눈빛으로 나를 바라봤다. 나는 고개를 푹 숙였다.

"지금 당장은 답이 없는 거군요……."

"이곳에는 아주 다양한 사연을 품은 이들이 찾아오지. 그들에게 한 가지 공통점이 있다면, 모두 상처받은 사람들이란 사실이야. 저마다 큰 아픔과 슬픔을 갖고 있어."

마마는 조용한 동작으로 내 맞은편에 앉았다.

"그래서 그들을 대할 때는 굉장히 조심해야 해. 상처받은 사람들일수록 또다시 상처받기 쉬운 법이거든. 하지만 타인에게 상처 주지 않는 게 쉬운 일이 아냐. 무의식적인 말이나 행동이 안 좋은 결과를 만들 수 있으니까. 그 때문에 감정의 섬세한 피드백이 필요하지. 상대의 표정 변화를 읽으면서 대응하는 거 말이야. 그런 점이 내 연기에 무척 큰 도움을 줬어."

마마는 눈을 빛내며 내게 제안했다.

"방학 동안 여기에서 일해 보는 건 어떠니? 분명 너에게 어떤 깨달음을 줄 거야."

내 얼굴을 살피고서 마마는 덧붙였다.

"솔직히 일당은 많이 주지 못해. 운영비가 빠듯하거든. 하지만 최저 시급은 맞춰 줄게."

"하겠어요. 돈은 필요 없어요. 봉사한다고 생각할게요."

나는 망설임 없이 곧장 대답했다. 내 고민의 답을 얻을 수 있다면 뭐든 할 수 있다는 각오였다.

"좋아. 하지만 돈은 꼭 받아 가. 나는 악덕 고용주가 되긴 싫거든."

"저도 할래요!"

여태껏 잠자코 있던 도로시가 갑자기 끼어들었다. 내가 당황스러운 얼굴로 쳐다보자 그 애는 살짝 미소 지었다.

"나야 좋지만, 설마 너희들 일하러 와서 꽁냥꽁냥 연애질만 하려는 건 아니지?"

마마가 우리를 향해 장난스럽게 물었다. 도로시와 나는 억울하다는 듯 앞다퉈 소리쳤다.

"아네요!"

"절대 그럴 일 없을 거예요!"

3

알바 첫날이었다. 도로시와 만나 함께 마마의 밥집으로 가기로 한 나는 약속 장소인 정류장에 서 있었다. 10시 정각이 되었을 때 멀리서부터 버스 한 대가 천천히 다가왔다. 내리는 사람들 틈에 기다리던 이가 있었다.

"어, 일찍 왔네?"

도로시는 검은색 트레이닝복을 입고 있었다. 거기에다 러닝화까지 신고 있어서 막 운동을 마치고 온 사람 같았다. 내가 빤히 쳐다보자 그 애는 조금 당황했다.

"일하려면 편한 복장이 좋을 것 같아서."

하늘에 군데군데 먹구름이 끼어 있었다. 약한 바람이 불어와 뒷목을 간지럽혔다. 마마의 밥집을 향해 걷던 나는 도로시에게 물었다.

"알바 해 본 적 있어?"

기억을 더듬는 것처럼 나를 지그시 바라보다가 그 애는 입을 열었다.

"의류수거함 털이?"

"그건 알바가 아니라 절도 아닌가?"

도로시는 뺨을 붉히며 큼큼, 헛기침을 했다.

"너는?"

"없어. 그래서 조금 걱정돼. 마마에게 폐만 끼치지 않았으면 좋겠다."

식당에 도착해 보니 마마와 카스 삼촌은 한창 바쁘게 일하고 있었다. 주방은 대형 찜솥에서 뿜어져 나온 김이 안개처럼 뿌옇게 낀 상태였다. 클래식 채널에 맞춰진 라디오에서 경쾌한 아코디언 연주곡이 흘러나왔다.

"오느라고 힘들었을 텐데, 먼저 숨 좀 돌려."

고무장갑을 벗으며 주방에서 나온 마마는 우리에게 커피를 타 주었다.

"역시 모닝커피가 진리지."

도로시의 말에 나는 얼른 맞장구를 쳤다.

"맞아, 걸쭉한 믹스 커피!"

곁에 있던 카스 삼촌이 웃음을 터트렸다.

"나도 아침에 일어나면 커피부터 마셔. 하나원에 있을 때 맛이 들렸지."

의아한 표정으로 도로시가 물었다.

"하나원이요?"

"탈북민 교육기관이야. 처음 남조선에 오면 몇 달간 자본주의 사회에 대한 지식을 배워. 거기에서 중독된 게 두 개 있는데, 첫째 는 믹스 커피고, 나머지 하나는 라면이지."

도로시는 큭, 웃음을 터트렸다.

"저랑 똑같네요. 저도 커피랑 라면 중독인데."

한동안 잡담을 나눈 뒤에 우리는 일을 시작했다. 나는 주방의 자외선 소독기에 들어 있는 식판을 홀에 위치한 배식대로 옮겼고 (개수가 많다 보니 꽤 힘에 부쳤다), 도로시는 마마와 함께 양파 껍질을 벗겼다. 나는 바쁘게 몸을 움직이면서도 도로시가 있는 쪽을 흘긋흘긋 쳐다보았다.

"원래 식재료 다듬는 일이 제일 손이 많이 가고 힘들어."

마마가 말했다. 도로시는 눈물을 질금거리며 물었다.

"오늘 메뉴는 뭐예요?"

"카레. 다들 좋아하고 먹기도 편하니까 자주 만드는 편이야."

"저도 카레 무척 좋아하는데."

"나는 우유를 넣어 풍미를 살리지."

"오, 그게 마마님의 비법이군요!"

점심시간 한참 전부터 식당 앞에 늘어선 긴 줄에는 아이들과 노인들이 뒤섞여 있었다. 마마는 배식을 맡은 도로시와 나에게 요령과 주의사항을 일러 주었다. 이윽고 배식대 앞에 선 우리는 사람들이 손에 든 식판에 음식을 담았다. 나는 밥과 카레였고, 도로시는 김치와 계란국, 요구르트였다. 처음에는 꽤 재미있었다. 하지만 아무리 정신없이 손을 놀려도 줄은 조금도 줄어들지 않았다. 우리는 점점 지치기 시작했다. 팔이 뻐근해지고 다리가 저려왔다.

정오를 한참 넘겨 조금 한산해지니 한 가지 의아한 점이 눈에 들어왔다. 홀에 자리가 있는데도 불구하고 노인들이 거리에서 식사를 하는 것이었다. 내가 이유를 묻자 마마는 대답했다.

"아이들에게 양보하는 거야. 아이들은 밖에서 먹으면 창피해하니까."

마침내 배식을 마친 뒤, 우리끼리 뒤늦은 점심을 먹고 설거지와 뒷정리까지 하고 나자 4시가 가까워져 있었다. 도로시와 나는 모든 일이 끝났지만, 카스 삼촌과 마마는 아니었다. 둘은 내일 필요한 식재료를 사러 농수산물 시장에 가야 했다. 밥집 맞은편에 날렵한 디자인의 미니밴이 주차되어 있었는데, 알고 보니 마마의 차였다. 조금 놀랍게도 카스 삼촌이 운전을 했다.

"얼마 전에 면허를 땄지."

카스 삼촌이 자랑하자 조수석의 마마가 폭로하듯 말했다.

"무려 다섯 번 만에 붙었단다."

"합격만 하면 되지, 횟수가 중한 게 아니잖습네까!"

티격태격하는 마마와 카스 삼촌을 보며 웃다가 도로시와 나는 몸을 돌렸다. 조용히 걸음을 옮기던 나는 도로시에게 슬쩍 물어보았다.

"어땠어, 오늘?"

"힘들기도 했지만, 즐거웠어."

"나도 그래. 마음에 환기가 되는 기분이야."

"있지, 중고등학교 시절이 떠오르더라고. 식당 직원분들 말이야, 한 번도 관심 가진 적이 없었거든. 전부 이렇게 고단하게 일하시고 있었구나 하는 생각이 들더라."

"와, 나랑 똑같네. 싫어하는 반찬 나오면 조리원분들 앞에서 대놓고 투덜대는 녀석도 있었거든. 심지어 밥 먹은 다음 퇴식구에 식판 내던지는 애도 있었고. 조리원분들이 상처받았을 거야."

"맞아. 그분들에게 감사 인사 한번 제대로 드리지 못한 게 후회

돼."

버스정류장으로 향하는 내내 도로시와 나는 오늘 일에 대해 길게 이야기를 나누었다.

일주일 정도 지나 일에 완전히 적응하자 도로시와 나는 여유를 갖고서 식당 풍경을 바라볼 수 있었다. 우리의 노력으로 누군가 허기를 달래는 것에 자랑스럽고 뿌듯한 감정이 들었고, 다른 한편으로 아직도 이 사회에 끼니를 걱정해야 하는 사람이 있다는 사실에 가슴이 아프기도 했다.

"노인분들 중에서 식사를 마치고도 이상하게 오랫동안 머물러 있는 분도 있더라고요."

도로시가 의문을 제기하자 마마가 대답했다.

"외로워서 그래. 여기가 사람들과 섞일 수 있는 유일한 공간이거든."

"아……."

"나중에 커피 자판기를 들여놓을 계획이야. 언제든 편히 찾아와 수다 떨고 갈 수 있게 말이야. 나는 사람들이 이곳에서 육체의 허기와 더불어 마음의 허기도 달래길 원하거든."

이번에는 내가 입을 열었다.

"굉장히 세련되고 깔끔하게 옷을 입은 분도 계시더라고요. 전혀 가난하게 보이지 않는 사람 말이에요. 오늘은 양복 차림의 아저씨도 봤어요."

"겉모습만 보고 판단해선 안 돼. 알고 보면 어려운 형편일지도 몰라. 이를테면 실직 사실을 가족에게 알리지 못한 가장일 수도 있겠지. 체면이나 자존심 때문에 옷에 신경 쓰는 것일 수도 있고 말이야."

도로시와 나는 고개를 끄덕였다. 잠시 침묵한 뒤에 마마는 가라앉은 목소리로 말을 이었다.

"주머니 사정이 풍족한데도 찾아 오는 경우도 더러 있긴 해. 단순히 공짜니까 먹는 사람들이지. 자기 돈 아끼려고 말이야."

흥분한 도로시가 큰 목소리로 말했다.

"정말요? 그 사람들 때문에 정말 배고픈 사람이 못 먹게 되잖아요."

"그렇지. 우리가 제공하는 식사량은 한정되어 있으니까."

너무 황당하고 어이가 없었다. 나는 한참 마마를 쳐다보다가 물었다.

"그런 사람들 보면 화 안 나세요?"

마마는 힘없이 미소 지었다.

"글쎄…… 화가 나기보다는 불쌍하다는 생각이 들어. 내 식당에서 밥을 먹는 분들은 비록 경제적으로 어려울지언정 마음은 부자일 수 있어. 하지만 그 사람들은 마음이 가난한 거잖아? 어쩌면 정말로 동정받아야 하는 사람은 그들일 거야."

마마의 밥집을 찾는 이들 중에서 한 사람이 눈에 들어온 건 여름방학이 중반으로 접어든 시점이었다. 그는 일흔이 넘음 직한 할아버지였다. 아주 특이한 백발의 말총머리와 선 굵은 눈썹에 부드러운 눈매를 갖고 있었다. 식사를 마치고서 그는 언제나 자신의 자리는 물론이고 주변까지 깨끗하게 치웠다. 그리고 밥집을 나설 때면 도로시와 나에게 꾸벅 고개를 숙이며 "고마워요. 맛있게 잘 먹었습니다"라고 인사를 건넸다. 부담스럽게 느낀 우리가 그럴 필요 없다고 했지만 변함이 없었다.

어느 날은 도로시와 나에게 뭔가 내밀기도 했다. 알사탕이었다. 우리가 멀뚱멀뚱 쳐다보자 할아버지는 감사의 표시라고 말하며 미소 지었다. 우리는 그에게 호감과 친근감을 느낄 수밖에 없었고, 그런 감정은 자연스레 상대에 대한 궁금증으로 이어졌다.

"예술가적인 분위기가 풍기지 않아? 헤어 스타일도 그렇고 말이야."

점심 배식을 마친 뒤 홀의 테이블 의자에 앉아 쉬다가 나는 할아버지 이야기를 꺼냈다.

"맞아, 자세히 보면 옷차림도 은근히 센스 있어. 빈티지 스타일로 통일되어 있다고 할까."

뭔가 생각에 빠진 눈치더니 도로시는 돌연 톤을 높여 말했다.

"나, 할아버지가 어딘가 낯익다고 생각했거든. 드디어 그 이유를 알아냈어."

도로시는 자신의 토트백에서 책 한 권을 꺼내며 요즘 한창 몰입해 읽는 중이라고 했다. 장편소설이었는데, '파울로 코엘료'라는 브라질 작가의 작품이었다. 내용을 묻자 그 애는 대답했다.

　"양치기 소년이 피라미드에 숨겨진 보물을 찾아 떠나는 여행기야."

　"보물이라니, 흥미로운걸?"

　"사실 보물은 상징적인 거고, 진정한 자신의 발견이 주제야. 이 책의 표현을 빌리자면 '자아의 신화'지."

　"자아의 신화?"

　"응."

　도로시는 잔잔한 목소리로 이야기했다.

　"이루기를 원하는 소망이나 꿈, 혹은 자기 자신에 대한 진실 말이야. 실제로 알고 보면 우리 모두는 자아의 신화를 찾고 있는 셈이지."

　고개를 끄덕이며 무심코 책날개의 저자 사진을 본 나는 깜짝 놀라고 말았다. 부드럽고 인자한 이미지가 할아버지와 쏙 빼닮았던 것이다.

　"와, 할아버지인 줄 알았어!"

　"그렇지?"

　"인종이 다른데도 이렇게나 비슷하다니, 정말 신기하다."

　"어느 한 사람의 서양판, 동양판 버전 같아."

그날 우리는 할아버지에게 '코엘료'라는 애칭을 붙여 주었다. 그러고는 이후 그를 '코엘료 할아버지'라고 부르기 시작했다.

4

코엘료 할아버지와 가까워진 무렵이었다. 어느 날부터 갑자기 그가 발길을 뚝 끊었다. 매일같이 기다렸지만 다시 볼 수 없었다. 큰 허전함이 느껴졌고, 뭔가 은은하면서 따뜻한 존재감이 사라진 것 같았다. 점심 배식을 마치고서 쉴 때면 도로시와 나는 식당 건물의 볕이 잘 드는 담벼락에 등을 기대고 쪼그려 앉아 코엘료 할아버지에 관한 대화를 나눴다.

"벌써 일주일 째야."

나는 긴 한숨을 내쉬며 말했다. 도로시가 시무룩한 표정으로 대꾸했다.

"오늘은 할아버지가 좋아하는 우거지 된장국 나왔는데……."

"여행이라도 가신 걸까?"

"그럴 수도 있겠네. 아니면 로또 당첨이 돼서 매일 호텔 뷔페에서 식사하고 계실지도 모르고."

나는 피식 웃었다.

"차라리 그랬으면 좋겠다."

우리는 둘 다 예상할 수 있는 최악의 상황을 알고 있었지만, 누구도 먼저 입에 올리지 않았다. 너무 슬프고 끔찍했던 것이다.

도로시와 내가 지나가는 말처럼 코엘료 할아버지 얘기를 꺼내자 마마의 표정이 단박에 어두워졌다. 오랫동안 머뭇거리다가 그녀는 마침내 결심이 섰다는 듯 무겁게 입을 열었다.

"여태껏 몇 번인가 비슷한 경험을 했지. 늘 얼굴을 비추던 사람이 돌연 모습을 감추는 일 말이야."

마마는 도로시와 내 얼굴을 번갈아 쳐다보았다.

"여기 오는 노인들은 대부분 혼자 지내. 거기에다 지병이 있는 경우도 흔하고. 만약 집안에서 쓰러지면 오랫동안 그대로 방치될 확률이 굉장히 높아."

어렴풋이 짐작하고 있던 것을 남의 입을 통해 확인하자 덜컥 겁이 났다. 설마 진짜로 할아버지가 고독사라도 하신 걸까.

"그럼 할아버지도……."

도로시가 입을 막고 신음을 삼켰다.

"충분히 그럴 수 있지."

말을 마친 마마는 먼 곳을 바라보며 깊은 한숨을 뱉어냈다.

그날 일을 마치고 집으로 가는 길, 도로시와 나는 편의점에 들러 아메리카노를 사서 파라솔 아래 앉았다. 해 질 녘이었다. 주위에는 땅거미가 내려앉아 있었고 하교하는 학생들이 보였다.

"코엘료 할아버지에 대한 생각이 머리를 떠나지 않아."

멍하게 하늘을 바라보던 도로시가 가라앉은 목소리로 중얼거렸다.

"정말 무슨 큰일이라도 당하신 걸까."

나는 별일 없을 거라고 반복해서 말했다. 그러나 코엘료 할아버지가 걱정되기는 나 역시 마찬가지였다.

"있잖아……."

한참 침묵하다가 도로시는 입을 열었다. 다시 오래 뜸을 들인 다음에야 그 애는 조심스럽게 제안했다.

"우리가 한번 찾아볼까?"

"할아버지를?"

"응."

나는 가볍게 한숨을 내쉬었다. 이럴 땐 어쩔 도리가 없지. 오지랖 넓은 도로시, 그 애가 어디 가겠어.

"그러자."

"정말?"

"그래, 정말."

"좋았어, 탐정 콤비가 되어 보는 거야!"

손뼉을 치며 아이처럼 기뻐하는 도로시를 보며 나는 씨익, 웃었다.

"옛날 생각난다."

"옛날?"

"우리가 처음 만났을 때 말이야. 너는 네가 날 살릴 수 있는 유일한 사람이라고 믿었잖아."

도로시는 입가에 잔잔한 미소를 띠었다.

"맞아, 그랬지."

"어쩌면 지금도 그때와 똑같은 상황인지도 몰라. 우리가 할아버지를 살릴 수 있는 유일한 존재일지 누가 알겠어?"

이튿날부터 본격적인 탐정 활동에 돌입한 도로시와 나는 배식을 하는 틈틈이 코엘료 할아버지의 행방을 수소문했다. 일견 그 시도는 금방 결과를 낼 것 같았다. "곧 할아버지 친구를 만날 수 있을 거야. 그러면 모든 일이 일사천리로 풀릴 거라구"라며 도로시는 호기롭게 장담까지 했다. 하지만 실망스럽게도 우리에게는 별 소득이 없었다. 더러 할아버지를 기억하는 사람들이 있었지만, 따로 친분을 갖고 있지는 않았다.

"마주치면 목례 정도나 하는 사이였지."

"여기에서 몇 차례 밥만 함께 먹었을 뿐이란다."

"미안하구나. 전화번호나 집은 몰라."

3일이나 캐묻고 다녀도 도로시와 나는 코엘료 할아버지의 이름조차 알아낼 수 없었다. 그제야 우리가 하는 일이 그리 만만치 않음을 깨달을 수 있었다. 도로시와 나를 안쓰러운 눈길로 바라보며 마마는 이렇게 말하기도 했다.

"여기 오는 사람들은 서로 속 얘기를 안 해. 자신의 처지를 부끄럽게 여기거든."

어쨌든 우리는 포기하지 않고 계속해서 코엘료 할아버지를 찾았다. 밥집을 드나드는 모든 사람과 얘기를 나눠 보았을 즈음, 마침내 작은 수확 하나를 얻어낼 수 있었다.

"작년에 그 형님과 함께 공공근로를 했거든. 아마 주민센터에 정보가 남아 있을 거야."

도로시와 나는 뛸 듯이 기뻐하며 당장에 주민센터로 달려갔다. 그런 다음 담당 부서를 찾아 자초지종을 털어놓으며 도와주기를 청했다. 그러나 직원은 고개를 내저었다. 개인정보이기 때문에 알려줄 수 없다는 것이었다. 아무리 사정해도 소용이 없었다.

마마의 밥집으로 돌아가는 내내, 도로시와 나는 둘 다 말이 없었다. 허탈감과 난감함이 동시에 밀려왔다. 온몸의 힘이 쑥 빠지는 기분이었다.

"앞으로 어떻게 하지?"

도로시가 묻자 나는 눈을 감고 신음을 뱉어냈다.

"글쎄……."

"방법이 잘못된 걸까?"

"그럴지도 모르지."

"하아……."

터덜터덜 걷던 우리는 횡단보도 앞에 멈춰 섰다. 신호등에 녹색 불이 들어오길 기다리고 있노라니 도로시의 힘이 들어간 목소리가 들려왔다.

"우리, 좀 더 적극적으로 움직여 보자."

"적극적?"

"밥집으로 식사하러 오신 걸 보면 근처에 살고 계신 게 분명하잖아. 발품을 팔아서 노인들이 모이는 곳을 탐문해 보는 거야. 꽁지머리 할아버지가 그렇게 흔하지도 않을 테고."

"맞아, 수사의 기본은 탐문이지!"

처음에 도로시의 아이디어는 꽤나 희망적으로 다가왔다. 휴일을 이용해 우리는 동네 경로당을 모조리 방문했고(혹시 몰라서 인접한 동에 있는 곳까지 찾아갔는데, 모두 합치니 열다섯 군데나 되었다), 쪽방촌과 고시원도 돌아다녔다. 공원이나 놀이터에서 벌어지는 장기판에도 기웃거렸다. 심지어는 노인 전용 콜라텍에도 들어가 보았다.

그러나 이번에도 결과물이 없었다. 우리는 더 이상 움직일 수 없을 만큼 지쳐 버렸다. 도로시는 진짜 탐정을 고용하는 게 어떠냐고 물었고 나는 대한민국에서 가장 능력 좋은 탐정을 당장 알아보겠다고 했다. 무력감에 젖은 도로시와 나는 몇 날 며칠을 그냥 흘려보냈다.

사건 해결의 실마리를 붙잡은 건 뜻밖에도 카스 삼촌 덕분이었다. 우리를 도와 따로 조용히 알아보던 삼촌은 같은 새터민 출신이라 친분이 있던 인근 고물상 사장을 통해 단서를 찾아냈다.

"그 노인장이 예전에 폐지를 팔았다는 기야."

카스 삼촌의 말을 듣고 도로시와 나는 너무 놀라 멍한 상태가 됐다. 내가 확인하듯 그게 정말이냐고 묻자 그는 웃음 띤 얼굴로 고개를 끄덕였다.

"고런데 사장도 연락처는 모른대."

우리는 잠깐 실망했으나 카스 삼촌의 이어진 말을 듣고 다시 기뻐할 수 있었다.

"하지만 노인장과 가깝게 지낸 동무를 잘 알더라고. 그 사람을 만나 보면 어떻게 안 되갔어?"

카스 삼촌이 할아버지 친구의 집 약도를 내밀자 도로시와 나는 환호성을 내질렀다.

"삼촌, 최고!"

"고마워요, 삼촌!"

그날, 일을 마친 우리는 코엘료 할아버지의 친구를 찾아갔다. 마마의 밥집에서 세 정거장쯤 떨어진 한적한 주택가였다. 오래된 빌라가 주를 이루는 가운데 상가 건물이 드문드문 섞여 있었다. 들뜬 기분으로 발걸음을 옮기면서 도로시는 말했다.

"우리 노력이 보상을 받은 게 분명해. 하늘이 도운 거라구."

나는 도로시의 이마를 톡, 톡, 치면서 핀잔을 주었다.

"아직 할아버지를 찾은 게 아니잖아."

"걱정 마. 이제는 정말 다 잘될 거야."

한참 약도를 들여다보던 도로시는 나를 돌아보며 이 집이라고 외쳤다. 그 애 등 뒤로 오래된 단층 단독주택이 보였다. 마당에 서 있는 단풍나무가 우람했고, 담장에는 덩굴장미가 탐스럽게 피어 있었다. 긴장된 마음으로 대문 앞에 선 우리는 초인종을 눌렀다. 그러나 고장이 났는지 아무 소리도 들려오지 않았다.

"대문이 열려 있는데?"

"들어가자."

내 말에 도로시는 망설임 없이 대꾸했다. 우리는 녹슨 철제 대문을 밀고 조심스럽게 발을 들여놓았다. 마당에 각종 고철과 폐지가 널브러져 있었다. 한쪽에는 개집이 보였으나 개는 없었다. 도로시는 내 등에 바짝 붙어 섰다.

"어쩌 좀 으스스한걸. 아마 혼자라면 절대 못 왔을 거야."

현관 앞에도 종이 박스와 알루미늄 캔이 잔뜩 쌓여 있었다. 도로시와 눈빛을 교환한 뒤에 나는 문을 두드렸다.

"안에 계세요?"

얼마쯤 지나자 쿨럭쿨럭, 기침 소리가 들려왔다. 발소리가 점점 가까워지더니 거칠게 문이 열렸다. 우리 앞에 나타난 사람은 러닝셔츠 차림의 깡마른 중년 남자였다. 그는 한눈에 봐도 병색이 깃들어 보였다. 어두운 낯빛에 눈두덩이가 움푹 파인 상태였다.

"뭐야, 너희들."

날선 반응에 당황했지만 우리는 공손한 자세로 인사를 건넨 다음 찾아온 이유를 설명했다. 그러자 남자는 경계심을 조금 누그러트렸다.

"보아하니 학생들 같은데 쓸데없는 짓 하지 말고 공부나 해."

말을 마친 남자는 곧장 돌아섰다. 그가 문을 닫으려는 찰나, 도로시는 제발 도와달라고 애원했다. 나도 그 애를 도와 말했다.

"저희에게는 아주 중요한 일이에요. 사람 목숨이 달려 있는지도 몰라요."

남자는 멈칫하더니 끙, 하고 억눌린 신음을 삼키고는 다시 우리를 향해 몸을 돌려세웠다.

"이런 얘기까지는 안 하려고 했는데 말이야……."

우리를 바라보는 남자의 얼굴에 복잡한 감정이 스쳐 지나갔다.

"그 노인네, 살인자라는 소문이 있어."

나와 도로시는 너무나 놀라 동시에 입을 쩍 벌렸다. 멍하니 남자를 바라보다가 도로시는 더듬거리며 물었다.

"사, 살인자라면 사람을 죽였다는 뜻인가요?"

남자는 조용히 고개를 끄덕였다.

"오래전에 살인을 저지르고 숨어 지내는 거라는군. 그 소리를 듣고 나도 께름칙해서 그 인간과 왕래를 끊었지."

겁에 질린 나는 도로시에게 귓속말로 "어떡하지?" 하고 물었다. 그 애는 잠시 고민하는 듯하더니 결심한 듯 남자를 향해 꾸벅 고개를 숙이며 침착하게 말했다.

"살인자라도 괜찮으니까 할아버지 전화번호라도 알려 주세요."

"정말이지?"

"네."

물끄러미 도로시를 바라보다가 남자는 짧게 한숨을 뱉어냈다.

"그 노인네는 휴대폰이 없어."

남자는 자기가 직접 우리를 할아버지 집으로 안내하겠다고 했
다. 앞장서서 걷는 그를 따라 우리는 한참 동안 동네 깊숙이 들어
갔다. 마침내 붉은 벽돌로 지어진 3층짜리 다가구 주택이 나타나
자, 남자는 바로 이 집의 지하라고 했다. 조심하라는 충고를 남기
고 남자가 떠난 뒤 나는 도로시에게 말을 걸었다.

"있잖아……."

"응?"

"우리 말이야, 코엘료 할아버지를 꼭 찾아야 할까? 이거, 장르
가 추리물에서 호러나 스릴러로 바뀌는 느낌이라고."

"여름에는 역시 호러 아니겠어?"

"살인자라는데, 너는 무섭지도 않아?"

"소문일 뿐이잖아."

지하로 향한 계단으로 먼저 내려가며 도로시는 대꾸했다. 그러
나 목소리가 떨리는 걸 보니 그 애 역시 잔뜩 긴장했다는 걸 알 수
있었다.

현관문 앞에 선 도로시는 몇 번 심호흡을 한 다음 초인종을 눌렀다. 그러나 안쪽에서는 아무 기척도 들려오지 않았다. 오히려 안심이 된 내가 다음에 다시 오자고 제안하자 도로시는 벌컥 소리를 질렀다.

"무슨 소리야? 지금 집 안에 쓰러져 계실지도 모르는 거잖아."

일단 대문 밖으로 빠져나온 우리는 불안한 마음으로 주위를 서성였다. 뒷산으로 이어진 산책로에서 매미 소리가 요란하게 들려왔다. 하릴없이 저녁 공기를 들이마시며 하늘을 바라보니 희미하게 달이 떠 있었다. 대문턱에 걸터앉아 지친 다리를 두들기며 나는 도로시에게 말했다.

"살인자들은 좋은 인상을 갖고 있는 경우가 많대. 코엘료 할아버지도 그와 비슷하지 않을까?"

"내가 만난 할아버지는 절대 그런 분이 아니야. 나는 내 느낌을 믿어."

도로시와 대화를 나누고 있노라니, 다가구 주택 3층의 현관문이 열리며 한 아주머니가 속이 꽉 찬 쓰레기봉투를 들고 나왔다. 그 모습을 보고 도로시는 미소를 지었다.

"보통 이런 주택은 꼭대기 층에 집주인이 살지. 집주인인 만큼 세입자에 대해 잘 알고 있을 거야."

대문 가에 쓰레기봉투를 내려놓는 아주머니에게 우리는 주춤주춤 다가갔다. 조심스레 용건을 얘기하자 그녀는 무심하게 대꾸했다.

"배우 양반 말이구만."

"배우요?"

나는 도로시를 향해 고개를 흔들면서 어깨를 으쓱해 보였다. 그 애도 영문을 모르겠다는 표정을 지었다.

"몰랐어? 젊었을 적에 영화에 많이 나왔다는데?"

우리는 일단 이 의문점은 제쳐 두고 코엘료 할아버지의 행방을 물었다. 아주머니는 대답했다.

"지금은 여기 없어. 방 뺀 지 꽤 됐지."

뭐야, 그럼 지금까지의 노력이 다 헛수고였던 거야? 맥이 탁 풀리는 기분이었다. 그러나 한편으로는 할아버지가 지금까지 우려했던 고독사 같은 사고를 당한 건 아니라는 사실에 마음이 놓이기도 했다. 도로시를 보니 나와 비슷한 심정인지 표정이 매우 복잡했다.

"그 사람, 실버타운에 들어간다고 했어."

아주머니의 이어진 말에 나는 "실버타운이요?"라고 되물었다. 그녀는 고개를 끄덕였다.

"혹시 그곳 주소를 알 수 있을까요?"

도로시의 부탁에 아주머니는 고개를 내젓다가 갑자기 뭔가 떠오른 듯 잠깐만 기다려 달라고 한 뒤에 집으로 들어갔다. 한참 만에 다시 나타난 그녀는 우리에게 명함을 내밀었다.

"우편물이 오면 이쪽으로 보내 달라며 주고 갔어."

받아든 명함에는 '노블리스 실버타운'이라고 적혀 있었다. 우리는 아주머니에게 감사를 전하고서 돌아섰다.

도로시와 나는 근처 놀이터의 벤치에 앉았다. 그러고는 아주머니를 통해 알아 낸 할아버지의 이름을 검색해 보았다. 우리가 들은 이야기는 사실이었다. 그는 한때 연기파 배우로 명성을 떨친 인물이었다. 내가 태어나기도 훨씬 전에 연극 무대로 데뷔해 장르를 넘나들며 수많은 작품에 출연하였다. 게다가 굵직한 영화제에서 상까지 받았다.

"다 정말이었어!"

나는 입을 딱 벌렸다. 놀라기는 도로시 역시 마찬가지였다.

"출연작 중에 내가 본 영화도 많아. 대단한 분이네."

"이런 유명인이 어째서 마마의 식당에서 밥을 얻어먹었을까?"

내 물음에 도로시는 말끝을 흐리면서 대답했다.

"뭔가 피치 못할 사정이 있으셨겠지……."

잠시 뒤, '노블리스 실버타운'을 찾아본 우리는 또 한 번 경악하지 않을 수 없었다. 그곳은 웬만큼 부자가 아니고서는 절대 들어갈 수 없는 고급 요양시설이었다. 홈페이지에 나와 있는 사진을 보니 그야말로 이름처럼 유럽 귀족이 사는 고성을 떠올리게 하는 화려한 외관이었다.

"일, 십, 백, 천, 만, 십만, 백만, 천만, 억, 십억……."

입주 금액이 얼마인지 세어보다가 도로시는 이마에 손을 짚고 도리질을 쳤다. 그 애는 혼잣말처럼 중얼거렸다.

"코엘료 할아버지가 어떻게 이런 데 갔을까."

"정말 복권이라도 당첨된 걸지도 모르지."

사뭇 진지한 표정으로 도로시는 말했다.

"알고 보니 숨겨진 재벌, 뭐 이런 거 아닐까?"

나는 헛웃음을 터트렸다.

"살인자에 영화배우, 거기다가 재벌까지. 수수께끼가 점점 깊어지는걸?"

5

기차를 타고 가는 동안 나는 꾸벅꾸벅 졸았다. 잠에서 깰 때마다 차창 밖으로 시선을 던져 두고 있는 도로시를 발견할 수 있었다. 어딘가 외롭고 슬픈 듯한 표정이었다.

도로시와 진지하게 사귀기 시작하면서 알게 되었다. 도로시에게는 그때껏 내가 알지 못했던 얼굴이 있다는 것을. 어느 순간, 늘 보아 오던 밝고 명랑한 분위기는 사라지고 입을 꾹 닫아버리는 것이다. 그럴 땐 혼자 조용히 생각하곤 한다. 저 애는 지금 뭘 떠올리고 있을까. 혹시 오즈 같은 동화 속 세계는 아닐까. 고통이나 불행은 전혀 존재하지 않는 낙원 같은 곳. 그리하여 전쟁과 기아, 눈물이 사라지지 않는 이 땅에서 체념한 채 살아가다가 가끔 저렇게 간절히 그리워하는 걸까. 이제는 절대로 돌아갈 수 없는 고향처럼.

"그거 알아?"

내가 잠에서 깼다는 걸 알아챈 도로시는 평소의 활기찬 목소리로 말을 걸어왔다.

"우리가 함께하는 첫 여행이야."

"정말 그러네?"

지금 우리가 향하는 곳은 코엘료 할아버지가 있는 실버타운이었다. 사실 그의 생사를 확인한 만큼 초기 목적은 이뤘으나, 도로시와 나는 직접 만나 보기로 결심했다. 코엘료 할아버지를 둘러싼 미스터리를 시원하게 풀고 싶었던 것이다.

"첫 여행이 살인자를 만나러 가는 거라니, 정말 특별한걸?"

내가 농담을 건네자 도로시는 장난스럽게 내 가슴팍을 주먹으로 쳤다.

"몇 번을 말해, 뜬소문이라고."

나는 과장된 비명을 내질렀다.

"이건 명백한 폭력이야. 너는 네 스스로가 생각하는 것보다 훨씬 힘이 세다고."

"뭐!"

우리가 옥신각신하는 사이, 기차는 행선지에 가까워지고 있었다. 몇몇 승객이 부산스러운 움직임으로 짐을 챙겼다. 도로시와 나도 내릴 채비를 했다.

개찰구를 빠져나오니 지역 특산물인 녹차와 관련된 상품을 파는 매장부터 눈에 들어왔다. 녹차 티백, 녹차 김, 녹차 한과, 녹차 떡 등 무척 종류가 다양했다. 그것들을 구경하다가 우리는 시식용 녹차 떡을 몇 조각 집어 먹었다.

역 광장은 많은 사람으로 북적였다. 똑같은 옷을 맞춰 입은 단체 관광객들이 마스코트 조형물 앞에서 사진을 찍었고, 한쪽 구석에는 자선 바자회가 열려 있었다. 나는 크로스백에서 다이어리를 꺼내 들여다보았다.

"이제 시외버스 터미널로 가야 해. 버스 출발까지 시간이 있으니까 밥부터 먹자."

우리는 역 광장 앞 번화가를 돌아다니다가 제법 오래돼 보이는 중식당을 찾았다. 입구에 들어서니 춘장 볶는 냄새가 밀려왔다. 그리 크지 않은 홀에는 드문드문 손님이 들어차 있었다.

"지금 우리가 만나러 가는 사람 말이야. 코엘료 할아버지가 맞을까?"

주문을 한 뒤에 문득 도로시가 걱정스러운 얼굴로 말했다.

"자꾸 엉뚱한 인물이 아닐까 하는 의심이 들어. 한번 생각해 봐. 살인자, 영화배우, 재벌이라니. 그 모든 게 한 사람일 수 있을까?"

"그걸 확인하러 여기 온 거잖아."

나는 힘이 들어간 목소리로 덧붙였다.

"오늘은 꼭 할아버지를 볼 수 있을 거야."

물을 마시던 도로시는 크게 고개를 끄덕였다.

"근데 너 말이야, 어쩐지 자세가 적극적으로 변한 것 같아. 뭔가 특별한 이유라도 있어?"

"유명 배우라니, 연영과 학생으로서 동경심이 들 수밖에 없잖아. 할아버지는 내가 꿈꾸는 미래라구. 그래서인지 몰라도 그분을 만나면 내 고민에 대한 답을 얻어낼 수 있을 것만 같아."

도로시는 옅게 미소를 지었다.

"정말 그랬으면 좋겠는데……."

식사를 마치고 밖으로 나와 시간을 확인해 보니 아직 여유로웠다. 뭘 할까 궁리하던 참에 재래시장이 시야에 잡혔다. 도로시와 나는 별 망설임 없이 그곳으로 향했다. 어쨌든 이건 여행이었고, 도시에서는 접하기 힘든 풍물을 즐기고 싶었던 것이다. 사람들 틈에서 우리는 반죽에 녹찻잎을 섞었다는 푸르스름한 도넛을 사 먹기도 했고, 좌판에서 파는 골동품을 구경하기도 했다.

도로시와 나는 늦장을 부리다가 버스 터미널로 헐레벌떡 뛰어가야 했다. 도착해 보니 버스가 출발하기 직전이었다. 아슬아슬하게 세이프에 성공한 우리는 좌석에 앉자마자 안도의 숨을 내쉬었다. 버스는 시내를 벗어나자 고불거리는 오르막길을 한참 달렸다.

구름 한 점 없는 맑은 날씨였다.

"저것 좀 봐!"

차창에 이마를 기댄 채 생각에 잠겨 있던 도로시가 갑자기 목청을 높이며 내 팔을 잡아당겼다. 고개를 돌려 보니 녹차 밭이 보였다. 끝없이 펼쳐진 푸른 물결에 가슴이 탁 트이는 기분이었다.

"시간만 있다면 내려서 실컷 구경하는 건데."

내 말에 도로시는 고개를 끄덕였다.

"맞아, 사진도 많이 찍고."

한참 바깥 풍경을 감상하고 있는데 여태껏 애써 밀쳐 두었던 상념이 슬금슬금 다가왔다. 머리가 무거워지자 나는 도로시에게 잠긴 목소리로 물었다.

"배우가 정말 내 길일까?"

"어?"

"의구심이 들어. 나에게 연기에 대한 재능이나 감각이 조금이라도 있는지 말이야."

진한 한숨을 내쉰 다음 나는 말을 이었다.

"솔직히 지금 엉뚱한 데서 헤매고 있는지도 모르잖아. 일찌감치 다른 진로를 알아보는 게 현명한 선택일 수도 있어."

한동안 조용히 나를 보더니 도로시는 무릎에 올려놓은 백팩에서 책 한 권을 꺼냈다. 코엘료 할아버지를 찾기 시작하면서부터 부적처럼 늘 갖고 다니는 소설책이었다.

"저번에 내가 말했던 '자아의 신화' 기억나?"

나는 고개를 끄덕였다.

"그걸 찾는 과정이 쉽지만은 않아. 수많은 상처와 고통이 있을 거야. 어쩌면 감당할 수 없는 절망이 기다리고 있을지도 모르지. 하지만 걱정할 필요는 없어. 우리에게는 '표지'가 있거든."

"표지?"

"생의 모퉁이마다 감춰져 있는 신의 선물이지. 무심코 펼쳐 든 잡지에서 읽은 글귀, 간밤에 꾼 꿈, 예기치 않은 만남 같은 것들이 우리를 이끌어 주는 거야. 마치 계시처럼."

나는 나로 하여금 배우의 꿈을 갖게 한 뮤지컬을 떠올렸다. 대학로에서 봤던 〈레 미제라블〉. 그것도 일종의 표지였을까.

"나는 네가 표지를 잘 따라왔다고 생각해. 오늘 이렇게 우리가 코엘료 할아버지를 만나러 가는 것도 그중 하나라고 믿어."

내 눈을 들여다보던 도로시는 잔잔하게 말을 이어갔다.

"돌이켜 보면 나 역시 그랬던 것 같아. 어쩌다가 의류수거함을 발견하고, 그걸 통해 소외 계층 사람들에게 관심을 기울이게 됐지. 그리고 결국에는 사회복지학과 진학까지 했고."

"음, 그럼 삶이란 우연이 만들어 가는 건가?"

도로시는 부드럽게 미소지었다.

"이 책에 의하면 우연이란 건 존재하지 않아. 우연처럼 보이는 운명의 이끌림이 있을 뿐이지."

40분쯤 걸려 우리가 내린 곳은 허허벌판에 자리한 정류장이었다. 사방에는 눈을 씻고 찾아봐도 아무것도 없었다. 옆 마을로 이어진 도로를 따라 거대한 송전탑이 드문드문 박혀 있을 뿐이었다. 도로시가 미심쩍어하는 표정으로 내게 물었다.

"여기 맞아?"

"실버타운 홈페이지를 보면 분명 여기에서 내리라고 했어."

나는 이마에 손을 짚고 신음을 뱉어냈다.

"이 근처에 건물이 있어야 하는데……."

주위를 둘러보던 도로시가 갑자기 소리쳤다.

"저쪽에 뭔가 있는 것 같은데?"

도로시가 가리키는 방향으로 고개를 돌리자 멀리 떨어진 산기슭에 희미한 오솔길이 보였다. 뾰족한 수가 없는 탓에 우리는 그 길을 따라 천천히 산을 올랐다. 좁은 길 양쪽으로 갈참나무가 빽빽하게 들어차 있었다. 진한 풀냄새가 풍겨 왔고, 간간이 이름 모를 새소리가 들려왔다. 이제 곧 실버타운이 나올 거라고 기대했으나, 아무리 걸어도 인기척도 들리지 않았다. 보이는 건 울창한 수목이 전부였다. 시나브로 걱정과 두려움이 밀려들었다. 산중에서 길을 잃고 고립이라도 된다면 물과 비상식량도 없는 상태에서 꼼짝없이 조난을 당하는 꼴이 될 것이다.

해가 지기 시작하자 도로시와 나는 우려했던 상황과 맞닥뜨리게 되었다. 큰 피로가 몰려왔고 허기와 갈증 때문에 어지럼증이 느껴졌다. 마침내 조금도 움직일 수 없이 지쳤을 즈음, 산 중턱에 자리한 고풍스러운 5층짜리 석조 건물이 나타났다. 인터넷으로 봤던 실버타운이었다. 그때까지 온몸을 옥죄고 있던 긴장이 풀리면서 기운이 쪽 빠졌다.

"사막에서 오아시스를 발견하면 아마 이런 기분일 거야."

이마의 땀을 닦으며 도로시가 중얼거렸다. 나는 말 없이 고개를 끄덕여 공감했다.

성벽 같은 돌담장을 따라 빙 돌아가자 정문이 나왔는데, 우리가 지나온 거친 산길이 아닌 잘 포장된 도로가 따로 나 있음을 알 수 있었다. 경비원들이 다가와서 나는 차분하게 사정을 설명했다. 최고급 요양 시설답게 출입 절차가 굉장히 엄격했다. 도로시와 나는 이름과 연락처를 적고 신분증을 맡긴 다음에야 방문증을 받아 안으로 들어올 수 있었다. 정문을 지나친 우리는 주위를 살피며 걸었다. 넓은 정원에는 갖가지 조경수가 보기 좋게 심겨 있고, 진입로 우측에 거대한 인공 폭포가 보였다. 건물 앞에 이르자 넓은 텃밭이 나왔는데 상추, 가지, 고추, 옥수수 같은 먹을거리가 종류별로 심겨 있었다. 한눈에 봐도 전부 싱싱했다.

건물 안으로 들어가 보니 마치 호텔처럼 프런트가 있었다. 이 시간에 방문객을 맞을 줄 몰랐던 모양인지 직원이 우리를 놀란 표정으로 쳐다보았다. 용건을 꺼내자 그는 할아버지 이름을 확인하더니 손을 크게 휘저으며 따라오라는 시늉을 했다. 안내를 받아 도착한 곳은 휴게실로 짐작되는 공간이었다. 먼저 눈에 잡힌 건 커다란 벽난로였다. 그 위에는 밀레의 화풍과 비슷한 그림이 걸려 있었다. 높은 천장에 설치된 실링팬이 느릿느릿 돌아가고 있고, 내 체구보다도 큰 원목 스피커에서는 잔잔한 클래식이 흘러나왔다. 이국적인 분위기에서 열댓 명의 노인이 독서를 하거나 바둑을 두며 한가롭고 평화로운 시간을 보내고 있었다. 두리번거리던 나는 한쪽 구석에서 익숙한 실루엣을 보고 중얼거렸다.

"찾았다……."

내 시선을 쫓던 도로시가 우뚝 동작을 멈췄다.

"정말이네."

그랬다. 우리가 그토록 찾아 헤맸던 사람이었다. 여태껏 허름한 차림새만 봐온 탓에 이곳에서의 코엘료 할아버지는 무척 낯설었다. 우리는 홀린 듯 그에게 다가갔다.

"세상에!"

창가의 흔들의자에 앉아 두꺼운 책을 읽고 있던 코엘료 할아버지는 우리를 발견하고서 도깨비라도 본 것처럼 화들짝 놀랐다.

"여기에서 너희들을 보게 될 줄이야."

멍하게 우리를 응시하다가 몸을 일으킨 코엘료 할아버지는 도로시와 나를 양팔에 끌어안았다.

"정말 꿈만 같구나."

코엘료 할아버지가 우리를 진심으로 반겼기 때문에 도로시와 나도 마음 놓고 함께 기뻐할 수 있었다. 마침내 최종 목적을 이뤘다는 생각이 들자 안도감과 함께 후련함이 느껴졌다. 등에 지고 있던 묵직한 짐을 내려놓은 것 같았다.

이게 어떻게 된 일인지 코엘료 할아버지가 묻자 우리는 찾아온 이유를 간단히 설명했다. 그러자 그는 크게 감동받은 표정을 지어 보였다.

"내게 그렇게 신경을 써 주다니, 너무나 고맙구나."

이번에는 우리가 질문을 쏟아냈다. "유명한 배우라면서요?" "살인자라는 소문은 뭐예요?" "이런 데 오시다니, 재벌이 맞으세요?" 코엘료 할아버지는 궁금한 게 많은 모양이라며 조용히 미소 지었다. 그러고는 즉답을 피하며 저녁은 먹었는지 물었다. 말을 듣고 보니 극심한 허기가 밀려왔다. 도로시와 나는 약속이라도 한듯 동시에 고개를 가로저었다. 할아버지는 우선 식사부터 하자며 우리를 이끌었다.

"저희가 가도 되는지 모르겠어요."

내 말에 코엘료 할아버지는 너털웃음을 터트렸다.

"걱정 말아라."

식당은 뷔페식이었다. 긴 테이블에 소불고기, 훈제 오리, 볶음밥, 스테이크, 초밥, 새우구이 등의 갖가지 요리가 풍성하게 차려져 있었다. 구석에 마련된 디저트 코너에는 케이크와 쿠키, 과일, 아이스크림이 보였다. 도로시와 나는 테이블 사이를 바쁘게 오가며 접시에 음식을 쓸어 담았다.

조용하고 느긋하게 식사하는 사람들 틈에서 도로시와 나는 정신없이 음식을 먹어치웠다. 코엘료 할아버지는 단호박 스프만 조금 떠먹은 뒤 의자에 등을 기대고 앉아 우리를 흡족하게 바라보았다.

"음식에 쓰인 채소는 우리가 직접 키운 거란다. 유기농이지."

방울토마토 샐러드를 먹는 도로시에게 코엘료 할아버지가 자부심이 깃든 얼굴로 말했다.

"정말 신선하고 맛있어요."

"여기 음식도 훌륭하지만, 나는 때때로 마마가 차려준 밥상이 그립구나."

"뭔지 알 것 같아요. 마마의 음식에는 특별함이 깃들어 있죠."

"실은, 조만간 마마의 식당을 찾아 그동안 신세 진 것에 대해 정식으로 감사 인사를 전할 생각이었단다. 이제는 나에게 여유가 생긴 만큼 후원 계획도 세웠지."

"와우, 마마가 굉장히 좋아하실 거예요!"

식사를 마치자 코엘료 할아버지는 우리에게 실버타운을 구경시켜 주었다. 어느 정도 짐작은 했지만 그 건물에는 영화관과 찜질방, 음악 감상실, 도서관, 헬스장, 실내 수영장까지 딸려 있었다. 게다가 조금 떨어진 곳에 위치한 별관에는 의료시설이 있었다. 한 가지 특이한 점은, 어느 곳이든 공기가 무겁게 가라앉아 있다는 것이었다. 내가 느낀 묘한 분위기에 대해서 얘기하자 코엘료 할아버지는 말했다.

"이곳은 그걸 준비하는 곳이니까."

"그거요?"

"죽음."

도로시와 나는 놀라서 눈을 크게 떴다.

"여기 있는 이들 중에는 대단한 사람들이 많지. 기업체 회장이나 세상을 호령했던 권력자, 널리 이름을 떨친 학자까지. 그러나 지금은 그저 왜소하고 나약한 인간일 뿐이란다. 죽음 앞에서 오만할 수 있는 이는 없으니까."

고개를 주억거리며 나는 잠깐 생각에 빠져들었다. 분명 내게도 언젠가 죽음이 다가오겠지. 그건 어떤 모습일까. 과연 두려움이나 후회 없이 당당하게 맞이할 수 있을까.

"차 한잔할까?"

코엘료 할아버지의 제안에 우리는 3층 테라스로 갔다. 그곳에 이르자 앙증맞은 티 테이블이 눈에 들어왔고, 라탄 선반에 라디오와 무드등, 에스프레소 머신이 놓여 있었다. 맞바로 내다보이는 풍경은 장미가 만발한 정원이었다.

"와, 정말 근사해요!"

도로시가 감탄하자 코엘료 할아버지는 미소를 지었다.

"내가 가장 좋아하는 장소지."

우리는 모여 앉아 꽃의 향연을 만끽하며 커피를 마셨다. 아늑함과 여유로움이 감도는 그 공간에서 도로시는 무척이나 행복해 보였다.

"내가 배우였다는 건 어떻게 알았니?"

반쯤 커피를 마셨을 즈음, 코엘료 할아버지는 우리에게 넌지시 물었다. 나는 이곳까지 오게 된 여정을 최대한 자세하게 설명했다. 이야기가 흥미로운지 코엘료 할아버지의 얼굴에 풍부한 표정들이 스쳐 지나갔다.

"그토록 많은 고생을 하다니, 다시 한번 너희에게 고맙다는 인사를 하고 싶구나."

"배우로 활동하셨다는 걸 알고 정말 많이 놀랐어요."

도로시에 이어 내가 말했다.

"영화제에서 큰 상도 타셨더라고요."

코엘료 할아버지는 살짝 고개를 끄덕였다.

"한때 연기자의 길을 가기도 했지."

"저…… 제가 연극영화과에 다니고 있거든요."

얼마간 망설인 뒤에 나는 고민을 털어놓으며 조언을 청했다. 코엘료 할아버지는 난감한 표정을 지어 보였다.

"돕고 싶은 심정이야 굴뚝같다만…… 그걸 남한테 설명할 수 있나 모르겠구나. 말로 전할 수 있는 성질의 것인지 말이야. 자기가 직접 몸으로 부딪혀 깨닫지 않으면 절대로 알 수 없는 것이 아닌가 싶구나."

코엘료 할아버지가 미안하다고 하자 나는 얼른 도리질을 쳤다.

"아니에요, 어쩔 수 없죠."

"다만⋯⋯."

턱을 어루만지며 생각에 잠긴 다음 코엘료 할아버지는 말했다.

"젊었을 적에 단테의 〈신곡〉을 공연한 적이 있는데, 거기 나오는 대사 하나를 네게 들려주고 싶구나. 'tu vai oltre, continua la tua strada!' 해석하자면 '너의 길을 가라. 남들이 뭐라고 떠들든!' 정도가 되겠지."

나는 코엘료 할아버지가 너무나 간단한 방법으로 내게 믿음을 심어준 것에 감탄했다. 어떻게 보면 평범하고 흔한 명언에 불과한데도 그의 입을 빌리자 깊은 울림이 전해졌다. 나는 속으로 중얼거렸다. 정말 그럴까. 다른 사람들 신경 쓰지 말고 꿋꿋하게 내 꿈을 좇으면 되는 걸까. 그러면 언젠가 거기에 다다를 수 있을까.

"할아버지는 어떻게 연기를 시작하게 되셨어요?"

도로시의 목소리가 들려왔다. 장미 정원에 시선을 던진 채 오래 침묵하다가 코엘료 할아버지는 입을 열었다.

"인생을 이끌어가는 건 운명일까? 아니면 우연일까? 혹은, 우연처럼 보이는 운명인 걸까?"

언뜻 엉뚱하게 여겨지는 답변에 도로시와 나는 살짝 당황했다. 그런 우리를 바라보며 할아버지는 잔잔한 미소를 지었다.

134

"어쩌면 내 지난 얘기를 들려주는 게 너희들에게 도움이 될지도 모르겠구나."

도로시와 나는 숨을 죽이고 할아버지를 주목했다.

"진실을 털어놓자면, 본래 나는 연기에 조금의 관심도 없었단다. 그건 내 삶의 선택지에 존재하지도 않았지. 완전히 열외의 것이었어……. 고향을 떠나 서울로 올라온 게 너희들 정도의 나이였지. 그때 나는 돈 한 푼 없는 맨몸이었는데, 마침 한 소극장에서 직원을 뽑는다는 공고가 났어. 숙식을 제공한다는 근무 조건에 앞뒤 재지도 않고 지원했지. 운 좋게 뽑혀서 극장의 청소와 잡일을 맡게 되었단다. 그렇게 몇 년이 흐르자, 자연스레 배우들을 보며 호기심이 생기더구나. 연기란 뭘까. 무대에 선다는 건 어떤 기분일까. 무엇이 저들로 하여금 저렇게 열정을 불태우게 만들까.

그러던 어느 날이었어. 배우 한 명이 급성 장염에 걸려 대타로 무대에 서게 되었지. 〈파우스트〉의 단역이었어. 그때껏 곁눈으로 봐 온 게 있어서일까. 그럭저럭 무리 없이 해냈지. 그런데 그 후 연출자가 재능이 보인다며 내게 진지하게 연기를 해 볼 것을 권유하더구나. 그게 본격적인 배우의 길로 들어서게 된 계기였지.

공연 횟수가 늘어날수록 나는 배우란 직업에 매료됐어. 한번 상상해 보려무나. 일순간 다른 사람이 된다는 게 얼마나 마법 같은 일인지. 우리는 때때로 자기 자신에게서 간절히 벗어나고 싶어 하잖아? 스스로를 옭아매는 기억이나 상처, 욕망으로부터 말이야. 무대를 통해 나는 고대 제국의 왕이 될 수도 있고, 대항해 시대의 선원으로서 전 세계를 누빌 수도 있지. 보석같이 빛나는 은하수를 가로지르는 우주 비행사도, 들판에 핀 꽃 한 송이를 보고 우주의 이치를 노래하는 시인도 될 수 있어. 아마 나는 그 속에서 어떤 자유와 해방감을 느꼈던 것 같다."

잠깐 말을 멈추고 할아버지는 커피로 입술을 축였다.

"배우로서 경력이 쌓이고, 영화 쪽으로 활동 영역을 넓히면서 명예도 얻고 금전적 여유도 찾게 되었단다. 그러는 중에 결혼을 하게 되었지. 하지만 그때 나는 가장이 될 준비가 되어 있지 않았어. 오로지 배우로서의 나 자신에만 몰두하며 가족을 전혀 돌보지 않았거든. 명절이나 기념일은 물론, 생일도 챙기지 않았지. 집안의 모든 일은 아내가 도맡아 했어. 절로 부부 관계에 금이 가고, 그것은 곧 메울 수 없는 틈으로 벌어지더구나. 그러나 나는 배우로 살려면 어쩔 수 없다고, 이건 일종의 기회비용이라고, 이 고통조차도 배우인 나에게 자양분이 될 거라고 합리화를 하며 상황이 바뀔 수 있도록 노력을 기울이지 않았어.

결국 아내와 갈라서고 혼자 지내게 됐지. 그 뒤, 의욕적으로 참여한 영화들이 연달아 흥행에 참패하고 평단에서도 혹평을 받는 일이 벌어졌어. 충격을 받은 나는 깊은 자괴감에 빠진 채 방황하게 되었지. 술과 도박에도 중독되고 말이야.

수중의 돈이 전부 떨어지자 지하철 역사에서 노숙인 생활을 하며 지냈어. 삶의 밑바닥까지 추락한 사람들이 모인 그곳에는 폭력배도 많았지. 그들로부터 나 자신을 보호할 필요가 있었던 나는 큰 죄를 짓고 숨어 지내는 건달 보스 뉘앙스를 풍겼단다. 일종의 연기를 했던 셈이지. 한때 배우였던 만큼, 사람들 모두 감쪽같이 속아 넘어가더구나. 그런데 그게 부풀려져서 나중에는 살인자라는 소문이 돌더군. 참 재밌는 일이지."

가장 궁금했던 의문을 풀게 된 도로시와 나는 동시에 아, 하고 소리를 냈다.

"3년 전쯤, 먼 친척의 도움으로 거처를 마련할 수 있었어. 너희들이 찾아갔던 반지하 방 말이야. 어느 정도 생활의 안정을 찾은 나는 시간을 두고 차분하게 내 삶을 돌아보았단다. 그랬더니 후회로 남는 게 너무나 많더구나. 특히나 가족에 대한 부분은 견디기 힘들 정도였어. 그런 와중에 뜻밖에도 흥신소 직원이 나를 찾아왔지. 그는 나를 찾고 있는 사람이 있다고 했어. 바로 자식들이란다. 알고 보니 아내는 나와 이혼한 뒤 미국으로 이민을 갔더구나. 그리고 그곳에서 두 아들은 각각 의사와 회계사로 성장했지.

간간이 연락을 주고받다가 마침내 자식들과 재회하게 되었어. 내 생일에 맞춰 그 애들이 한국으로 온 거야. 몇십 년 만의 만남으로 격정적인 감정에 휩싸인 나와 달리 아들들은 아주 담담하더구나. 물론 속으로는 나를 원망하고 있었겠지만……. 내가 사는 집을 보고 충격을 받았는지 아들들은 나를 실버타운에 보내주겠다고 하더구나. 당연히 나는 극구 거부했지. 이제 와서 아비 대접을 받다니, 그건 정말이지 염치없는 행동이잖니. 하지만 아들들은 내가 계속 이렇게 지내면 평생 마음의 짐으로 남을 것 같다고 설득하더구나. 결국 우여곡절 끝에 승낙하고 말았지. 이 모든 게 요 몇 달간 벌어진 일이란다."

긴 이야기를 쏟아 낸 코엘료 할아버지는 조금 지친 것 같았다. 두 손바닥으로 얼굴을 세수하듯 몇 번 문지르고서 그는 다시금 입술을 뗐다.

"운명에 대해서 우리는 아무것도 미리 알 수 없어. 단지 바라볼 수 있을 뿐이지."

코엘료 할아버지는 잔에 남아 있던 식은 커피를 마저 마셨다.

"살다 보면 좋은 일도 많은 법인데 늘 겁을 집어먹고 있으니까 나쁘게만 보이는 거야. 그걸 깨닫게 되면 분명 신은 존재한다는 생각이 들면서 마음을 어지럽게 둘러싸고 있던 감정들이 한 꺼풀씩 벗겨져 나가지. 그렇게 되면 마지막에 남는 건 하나란다."

도로시가 얼른 물었다.

"그게 뭔데요?"

"감사지."

바깥에서 소쩍새 소리가 들려왔다. 약한 바람이 불어와 레이스 커튼이 나부꼈다. 자세히 보니 코엘료 할아버지의 눈가가 조금 젖어 있었다. 희미하게 비쳐 드는 노을빛에 그의 이마 주름이 도드라졌다.

"좋은 사람이 되거라. 좋은 배우가 되는 것과 좋은 사람이 되는 것은 크게 다르지 않아. 왜냐하면 좋은 배우도 성숙한 인격이 뒷받침되어야 하거든."

코엘료 할아버지는 나를 바라보며 나직한 목소리로 말했다. 나는 힘있게 고개를 끄덕였다.

어느새 늦은 저녁이 되어 있었다. 도로시와 나는 이만 가야 한다며 자리에서 일어났다. 코엘료 할아버지가 손님용 방이 있다며 자고 가라고 권했으나, 기차표를 끊어 놓아 아쉽게도 그럴 수 없었다. 작별 인사를 하자 코엘료 할아버지는 그 넓고 따뜻한 가슴으로 우리를 푹 안아 주었다.

"조심히 가려무나."

코엘료 할아버지가 부탁하여 실버타운 측의 차를 이용해 기차역까지 편안히 갈 수 있었다. 기차역으로 출발할 때 나는 차창으로 목을 길게 빼고 점점 멀어져 가는 실버타운을 바라보았다. 처음에 웅장하고 화려하게 다가왔던 그 건물이 어쩐지 고적하게만 느껴졌다. 나는 시야에서 완전히 사라질 때까지 그곳에서 눈을 떼지 못했다.

역사에 들어서 보니 열차 출발 시간까지 얼마간 여유가 있었다. 우리는 캔 커피를 사 들고 대합실 의자에 앉았다. 커피 한 모금을 머금었다가 천천히 삼킨 다음 나는 말했다.

"여기 오길 정말 잘했어."

도로시는 커다란 배낭을 멘 한 떼의 등산객들에게 시선을 던진 채 입을 열었다.

"이번 여행 말이야, 신이 널 위해 준비한 표지가 맞지?"

"응."

도로시는 고개를 돌려 내 얼굴을 똑바로 응시했다.

"그러니까 조급해할 필요 없어. 우리는 이제 막 자아의 신화를 찾아 떠난 거잖아?"

서울로 돌아가는 기차에서 도로시는 내 어깨에 기댄 채 깊은 잠에 빠져들었다. 조용히 그 애 얼굴을 바라보다가 나는 문득 코엘료 할아버지의 말을 떠올렸다. 좋은 사람이 되는 것. 어쩌면 그건 생각보다 훨씬 어려울 수 있다. 아주 긴 시간이 걸릴지도 모른다. 하지만 적어도 한 사람에게만은 언제든 가능하지 않을까. 나는 도로시가 피곤할 때 지금처럼 어깨를 빌려줄 수 있다. 힘든 일이 생겨 눈물을 흘리면 품에 안고 울음이 잦아들 때까지 기다려줄 수도 있다. 오래전, 도로시가 어둠 속에 있던 나를 위해 그랬던 것처럼.

미니 인터뷰

☁ '나의 삶'에 내가 조연인 것처럼 느껴지는 청소년들에게 하고 싶은 말이 있다면, 어떤 이야기를 해 주고 싶으신가요?

유영민　음, 가장 먼저 '자존감'의 중요성을 전하고 싶습니다. 자신이 조연처럼 여겨지는 건 열등감 때문일 거예요. 열등감이 커지면 커질수록 그만큼 자존감은 낮아질 수밖에 없죠.

자존감은 스스로에 대한 사랑이라고 할 수 있는데, 그걸 키우려면 자신을 파악하는 일이 반드시 필요해요. 모르는 사람을 덥석 사랑할 수는 없으니까요. 내가 뭘 싫어하는지, 어떤 것에 상처를 받는지, 잘하는 것은 무엇인지, 꿈은 뭔지 알아야 하죠.

청소년들과 대화를 나눠 보면 대부분 자기에 대해 잘 안다고 생각하지만, 알고 보면 그렇지 않은 경우가 무척 많습니다. 스스로를 알기 위해서는 진지한 성찰이 필수 전제 조건이에요. 차분한 마음으로 자신을 들여다보는 것 말이에요. 그 과정을 통해 자신이 어떤 사람인지 깨달으면 열등감에서 어느 정도 벗어날 수 있습니다. 그리고 자신의 숨은 장점과 빛나는 아름다움을 인지할 수 있게 돼요. '공부 좀 못해도 괜찮아. 나는 잘하는 게 따로 있거든.' '내 얼굴이 별로라고? 상관없어. 내게는 좋은 점이 많으니까.' '지금은 별 볼 일 없이 보일지도 모르지만, 언젠가는 내 재능이 발아되는 순간이 올 거야.' 이렇게 생각하며 자신감을 가지고 삶을 주체적으로 살아가게 되죠. 세상의 조연이 아닌, 주연으로서 말이에요.

☁ '연기'도 또 하나의 '삶'이기 때문에 삶을 올바르게 살아야 한다는 주제가 인상적이었습니다. 주인공은 '배우'라는 명확한 꿈이 있지만, 아직 '꿈'이나 '하고 싶은 것'이 명확히 정해지지 않은 청소년들도 많겠죠. 그들에게 코엘료 할아버지 대신 작가님이 해 주고 싶은 말은 무엇인가요?

꿈이 없어도 괜찮다고 말하고 싶네요. 그 문제로 조급해하지 않았으면 좋겠어요. 빨리 찾고 싶다고 해서 그럴 수 있는 게 아니잖아요. 그리고 그것 때문에 자신의 가치가 훼손되는 것도 아니고요.

사람들 중에는 뒤늦게 적성에 맞는 직업이나 사랑하는 일을 발견하는 경우가 굉장히 많습니다. 어른이 되어 여러 경험을 하다가 우연히 맞닥뜨리게 되는 거죠. 그럴 때 필요한 건 도전할 수 있는 용기와 과감한 결단력이겠지요. 다시 말해, 여러분들이 뒤늦게 꿈을 찾게 되면, 나이가 많다는 이유로 포기하거나 체념하지 않는 자세가 중요할 거예요. 제 주위 작가들만 봐도 중년을 넘겨 문학의 길로 들어선 분들이 상당해요(타계하신 박완서 선생님도 마흔에 등단하셨죠). 그분들에게 나이는 핸디캡이 아니라 오히려 장점이더라고요. 삶에 대한 깊은 이해가 밑거름이 되어 좋은 작품을 쓰시게 된 거죠.

그리고 끝내 꿈을 발견하지 못한다고 해도 상관없다고 생각합니다. 우리가 살아가는 목적이 '무엇이 되었는가?' 혹은 '무엇을 이뤘는가?'에 있지 않다고 보거든요. 그러니까 여러분도 어떤 꿈을 가지려고 하기 전에 한 번쯤 진지하게 고민해 봤으면 좋겠어요. '꿈을 이룬 사람은 성공한 것이고, 그렇지 못한 사람은 실패한 것일까?' '누가 삶의 성공과 실패를 가를 수 있을까?' '성공만이 칭송받아야 할까?' 같은 것들을요.

저는 삶의 의미가 물질적, 명예적 성취보다는 어떤 깨달음에 있다고 믿어요. 가령 이 삶은 어째서 우리에게 주어졌는지, 그 가치는 어디에 있는지, 생의 저편에는 뭐가 있는지 같은 질문에 대한 답들 말이에요. 이건 인간만이 가진 자의식 때문일 거예요. 스스로 끊임없이 의문을 제기하고 답을 찾아가는 일. 어쩌면 이게 우리가 인간으로서 지닌 가장 특별한 점이 아닐까요? 여러분이 근본적인 것들에 관심의 끈을 놓지 않았으면 하는 바람입니다. 그러다보면, 자연스레 여러분들의 소망도 이루어질 거예요.

◯ 최근 작가님의 근황 중 인상 깊었던 일과 앞으로의 계획에 대해 알려 주세요.

　단조로운 일상을 살아서 딱히 꼽을 만한 일이 없지만 (웃음) 이번 『오즈의 의류수거함』 스핀오프 작품 작업이 기억에 남아요. 지난 시간을 돌아보는 계기가 되었거든요.

　고백하자면, 처음 원고 청탁을 받고 적지 않은 걱정이 들었죠. 과거의 제 감성이 되살아날지 의심스러웠기 때문인데, 그도 그럴 것이 『오즈의 의류수거함』을 집필했을 때는 아직 청년이라고 부를 수 있는 나이였지만 지금은 마흔이 훌쩍 넘은 아저씨니까요. 하지만 막상 작업을 시작하여 인물들을 대하니 마치 오랜 친구를 만난 듯 반갑고 정겨운 마음이 들면서(꼭 그들이 저를 기다리고 있던 것 같았어요), 어렵지 않게 몰입할 수 있었죠. 다른 한편으로, 『오즈의 의류수거함』을 쓴 뒤 오랜 세월이 흘렀음을 깨닫고서 그동안 너무 게으름을 부린 건 아닌지 깊이 반성하기도 했습니다.

　하나의 작품에는 당시 제가 보았던 풍경이나 즐겨 들었던 음악, 맛보았던 음식 같은 것들이 고스란히 들어가 있는 법이죠. 그리하여 작품 구상에 앞서 『오즈의 의류수거함』을 읽어 보며 오랫동안 잊고 지냈던 시절을 자연스레 들여다보게 되었어요. 즐겁고 기쁜 일이 있는가 하면, 쓸쓸하거나 아픈 일도 있었죠. 지금까지도 진한 후회로 남는 기억도 존재했고요. 그 많은 일 중 어느 하나가 아니라, 그 모든 것들이 지금의 나를 만든 것이라는 평범한 이치를 찬찬히 곱씹어 보았습니다.

앞으로의 계획은 좀 더 부지런히 작품을 쓰는 겁니다. 지금 한창 매달리고 있는 작품이 있는데, 내년에는 꼭 탈고하고 싶네요.

오늘도 프리스타일

이 직 면

이
재
문

초등학교에서 어린이들을 가르치고 있다. 어린이들이 훨씬 많은 학교라는 '나라'에서 어른이라는 '이방인'으로 살아가며 어린이를 유심히 살피고, 이해하고, 가까워지기를 바란다. 이 나라에서 보고 들은 것들을 이야기로 쓰기를 좋아한다. 『어린이 시장 돌프』로 교보문고 동화공모전에서 대상을, 『식스팩』으로 제9회 자음과모음 청소년문학상 대상을, 『몬스터차일드』로 사계절어린이문학상 대상을 받았다.

1

"윤서야, 너 고3이야."

선생님이 말씀하셨을 때, 나는 시험지 한 장을 손에 쥐고 있었다. 진학 상담 시간이었다. 여름방학을 앞둔 7월 초, 고3 1학기를 마무리하는 시점에서 반 아이들 모두가 돌아가며 하는 연례행사였다. 원래부터 시험지를 가져가려고 한 건 아니었다. 아니, 어쩌면 상담 직전 받아든 한낱 기말고사 성적표에 대하여 항의하고 싶은 마음이었는지도 모르겠다.

그래, 한낱. 한낱이라고 치부하고 싶다. 그런데 왜 자꾸 시험지가 눈에 밟히는지.

3번 문제의 정답이 4번이라고 들었을 때, 나는 그것만은 아니라며 강하게 부인했다.

3. 다음 시에서 화자가 말한 '흔들리며 피는 꽃'의 적절한 비유가 <u>아닌</u> 것을 고르시오.

다들 4번 '부모님의 응원과 지지를 등에 업고 어려움 없이 대학에 진학한 시진'을 골랐지만, 나는 확신할 수 있었다. 정답이 4번은 아닐 거라고.

문득 시험지에 쓰여 있는 시구가 눈에 들어왔다. 흔들리지 않고 피는 꽃이 어디 있으랴……. 나는 흐느적거리는 손가락으로 그 부분을 가리켰다.

"선생님, 저는요……. 흔들리는 꽃은 본 적이 없어요. 정빈 오빠는요, 아예 꽃을 다 꽂아 버렸다고요. 꼼짝 못 하게."

그러니까 흔들리며 피는 꽃이라는 건 없는 거고, 화자는 엉뚱한 소리나 늘어놓는 거다. 부모님의 반대를 무릅쓰고 자기 꿈을 위하여 원하는 학과에 진학한 지우, 어려운 가정형편에도 알바를 하면서 학업을 이어간 선미, 몸이 아프지만 좌절하지 않고 밝게 살려는 준오, 안 될 거라는 주변의 비관에도 끝까지 도전하여 우주선을 개발한 민혁……. 보기 중 어떤 것도 정답이 될 수 없어 대충 3번으로 찍었다. 원래 찍을 때는 한 번호로 일관되게 찍는 게 중요한데, 나는 3번을 선호한다. 뭘 해도 삼세번이라는 오래된 격언을 가슴 깊이 새겨 놓았으니까.

그런데 절대 정답은 아닐 거라 생각한 4번이 정답이었다니, 충격이었다.

사실 그것 말고도 틀린 문제는 수두룩했다. 다만, 이 문제만은 확신할 수 있었다. 절대 4번이 정답일 수 없다고. 그런데 이것마저 내 기대를 저버리자, 정말이지 정답의 객관성을 신뢰하기가 힘들었다. 그런데 선생님은 내 집중력을 신뢰할 수 없었나 보다.

"장윤서, 너 정말…… 내 말은 듣고 있는 거니?"

아니요. 솔직히 귀에 들어오지 않았어요. 나는 멍한 눈으로 선생님인지 허공인지를 바라보았다.

"선생님, 저는 왜 이 문제들을 죄다 틀렸을까요? 선생님이 수업 시간에만 다뤄 주셨어도 이렇게 틀리진 않았을 텐데……."

"말은 바로 하자. 꽃을 소재로 한 현대시는 수능 단골 소재라고 선생님이 몇 번을 말했는데. 그리고 이 시는 얼마 전 수업 시간에도 다뤘어. 기말고사에 출제할 거니 꼭 봐 두라고 했었잖아."

그랬던 것 같기도 하고……. 나는 인정한다는 의미로 힘없이 고개를 끄덕였다. 선생님은 기가 차는지 헛웃음을 흘렸다. 네, 선생님. 그 마음 이해합니다. 저도 제가 한심한걸요. 그래도 우리 선생님은 한 명의 낙오자도 끝까지 포기하지 않을 생각이신지 다시 한번 격려의 뜻을 내비치는 말을 했다.

"윤서야, 이제 곧 여름방학이다. 여름방학 끝나면 가을이고. 무슨 말인지 알지?"

알다마다요. 왜 기념일로 지정되지 않았는지 의문이 드는 그 날. 1년에 단 하루밖에 존재하지 않는 그날. 고3 수험생과 그의 가족들이 설렘 반 두려움 반으로 기다리는 그날. 바로 수능 아니겠습니까. 너무 잘 알지요. 이후 선생님은 대한민국 고3의 고달픔을 자기 또한 잘 알고 있다는 말로 일장연설의 시작을 알렸다. 그럼에도 불구하고 너 자신을 위해서, 네 미래를 위해서, 무더운 여름이지만 힘차게 흔들려 봐야 하지 않겠냐는, 결국은 찬란하게 꽃필 그날을 준비해야 하지 않겠냐는 조금은 식상한 말로 잔소리 같은 상담을 끝마쳤다.

상담실을 빠져나오는데 문득 대한 선배가 했던 말이 생각났다. 우리 학교 상담실은 학생 상담실인지 선생님 상담실인지 모르겠다고. 분명 내담자가 말을 많이 해야 할 것 같은데, 막상 내담자인 학생은 입 다물고 있고 상담자인 선생님만 실컷 떠든다고. 그때는 뭔 소리인가 했는데 당해 보니 공감 백배였다.

선생님의 조언대로 이번 방학을 불태워 보리라. 아니, 지금 당장부터! 하는 심정으로 자율학습실에 들렀지만 한숨만 푹푹 나왔다. 그래 가지고 땅이 꺼지겠냐는 담당 선생님의 눈빛을 피해 결국 밖으로 나왔다. 선생님 말씀이 다 나를 위함인 건 알지만, 그래도 고구마 백 개를 억지로 먹은 것처럼 답답한 가슴은 어쩔 도리가 없었다. 매점 앞 자판기에서 사이다를 뽑아 마셔도 꽉 막힌 가슴은 당최 뚫릴 기미가 보이지 않았다. 가슴 깊숙이 넣을 수 있는 석션이 있다면 가슴 정중앙을 틀어막고 있는 돌덩이를 뽑아내고 싶었다. 이름하여 '대입'이라는 돌덩이. 걱정한들 사라질 고민이 아니니 그 시간에 책 한 자라도 더 봐야 하지만……. 어쩐지 그것마저 쉽지가 않았다.

이럴 줄 알았다면 다른 재능이라도 찾아볼 걸 그랬나. 어중간한 성적으로 일반고에 오는 게 아니었다. 특성화고에 진학한 친구들은 공부를 못 해서가 아니라 자기 적성을 찾아간 걸텐데, 나는 왜 적성에도 맞지 않는 길을 택했을까?

아마도 '길'을 몰라서가 아니었을까.

그렇다. 나는 아직도 나를 모르고 있다.

나만의 문제는 아닐 것이다. 우리 반만 해도 자기가 뭘 잘하는지, 뭘 하고 싶은지 모르는 아이들이 수두룩하다. 그럼에도 불구하고 자꾸만 뒤처지는 것 같고, 나만 자리를 못 잡고 있는 것 같아 불안해지는 이유는, 내 주변 사람들 때문이었다.

대한 선배는 올해 지방의 유명 음대에 들어갔다. 세상에, 진짜 리코더 학과가 있을 줄 누가 알았겠나. 선배는 정말 리코더로 승부를 볼 작정인 듯했다.

정빈 오빠도 자기 적성을 살려 진로를 정했다. 운동은 진심이고, 꽃꽂이는 진리라더니 대학을 포기하고 양재 꽃시장 알바생으로 취직했다. 돈을 좀 벌면 그것을 자본 삼아 스마트스토어를 할 거라나? 다양한 꽃 상품을 대여하거나 판매하는 사업을 시작해 볼 참이라는데…… . 내가 알던 정빈 오빠가 맞나 싶었다.

정빈 오빠를 생각하면 지금도 가슴 한쪽이 아려 온다. 전 남친을 못 잊어 그리워하는 건 아니다. 다만, 조금만 잘 맞았어도 우리 사이는 계속 이어졌을 텐데, 하는 아쉬움 정도? 이상형은 이상형일 뿐, 직접 부딪히기 전에는 현실을 깨달을 수 없다. 겉으로 보면 누구보다 넓은 어깨를 가진 정빈 오빠였지만, 가까이서 보니 웬걸. 그렇게 소심할 수가 없었다. 아니, 예민하다고 해야 할까. 도무지 참아줄 수 없었던 건 나보다 꽃꽂이에 더 진심이라는 거. 나랑 만나서 한다는 게 고작 꽃 보러 하루 종일 꽃시장을 돌아다니고, 꽃꽂이 전시회를 다니고, 꽃줄기를 다듬고, 잎을 말리고…… . 내가 연애하고 싶어서 지랑 만났지, 꽃꽂이 보조하자고 사귄 건 아니잖아?

이래서 자세히 보아야 한다느니, 오래 보아야 한다느니, 그런 시가 나온 걸까? 됐다. 이미 끝난 인연, 뒤에서 험담하고 싶지는 않다. 우리는 쿨하게 헤어졌잖아? 그만 만나자는 내 제안에 오빠도 흔쾌히 승낙했다. 아무튼, 그만큼 예민한 사람이 사업이라니. 뭔가 거창해 보였다.

한편 제혁은 컴퓨터 공학 쪽으로 진로를 잡아본다고 했다. 리코더도 좋지만 중학교 내내 키보드 두드리던 실력이 어디 가겠냐고, 특기를 살려 프로그래밍이나 게임 개발 직군에 종사하고 싶다고 했다. 부러웠다. 그렇게 뭔가를 좋아할 수 있다는 게.

그렇다면 나는? 나는 왜 좋아하는 게 없을까? 공부라도 열심히 하면 모르겠다. 남들은 고3 1년은 죽었다 생각하고 공부한다는데, 나는 그것도 못했다. 다들 저만치 뛰어가는데 혼자만 우두커니 서 있는 느낌이다.

나는 왜 그들과 다를까?

이대로 집에 가기는 어쩐지 뒤숭숭했다. 하릴없이 떠돌다 나도 모르게 발길이 향한 곳은 다름 아닌 별관이었다.

불 꺼진 별관 복도는 햇빛 쨍한 밖과 다르게 서늘한 기운이 느껴졌다. 줄느런히 들어선 동아리실 중 한두 군데에 불이 들어와 있었다. 아직 대입 걱정은 이르다고 생각하는 후배들이 동아리 활동을 하고 있는 모양이다. 너희들도 얼마 안 남았다. 우리 끝나면 너희 차례야. 그러면서도 나는 부러운 마음으로 문틈 사이로 새어 나오는 웃음과 농담의 향연에 귀 기울이게 됐다.

1층 구석에 위치한 댄스 동아리 '아마조네스'의 문은 굳게 닫혀 있었다. 오늘은 모임 날이 아니니까. 게다가 요즘 같이 찌는 여름, 에어컨도 나오지 않는 연습실에 찾아오기란 쉽지 않다. 그럼에도 나는 땀이라도 흠뻑 흘리고 싶었다. 스트레스 해소엔 댄스만 한 게 또 없으니까.

자물쇠를 열자 좋지 않은 냄새가 훅 끼쳐 왔다. 청소를 하는데도 오래되어서인지, 구석 자리여서인지 곰팡내가 사라지는 것 같지가 않다. 가방을 대충 던져놓고 불을 켰다. 블루투스 스피커에 휴대폰을 연결한 뒤 음악을 틀었다. 아이돌 댄스를 커버할까? 아니다. 오늘은 프리스타일이 끌린다.

프리스타일 댄스란 즉흥 댄스, 자유 댄스. 즉 정해진 규칙 없이 마음껏 흔드는 춤이다. 막춤이라 해도 되겠다. 꽉 짜인 안무와는 다르게 내 흥에 맞춰, 오롯이 추고 싶은 대로 추면 된다. 어떠한 잣대도 대지 않고 내가 춤이 되고, 춤이 내가 되는 순간. 그게 프리스타일의 매력이다.

나는 힙합 랜덤 플레이를 돌려놓고 몸을 풀었다. 곧 스피커가 꿍꿍거리며 음악이 울려 퍼졌다. 리듬에 맞춰 스텝을 밟았다. 서서히 땀이 차오르고 호흡이 가빠졌다.

춤을 출 때면 아무 생각이 없어진다. 그것만으로도 지금은 충분하다.

2

아마조네스에 입부한 건 리코더에 흥미를 잃어서였다. 그렇다고 철인스포츠부에 들어가고 싶지는 않았다. 처음엔 철인스포츠부가 간절했지만, 그건 어디까지나 다른 목적 때문이었다. 정빈 오빠랑 사귀고 나서는 철인스포츠부도 끌리지 않았다.

그러다 우연한 기회에 아마조네스에 입부했다. 여자 댄서들의 경연프로그램 영상을 본 적이 있는데, 그 언니들이 너무 멋져 보였다.

'나도 저렇게 될 수 있을까?'

그러다 거기 출연한 한 언니가 스물이 넘어 춤을 시작했다는 말에 당장 입부 원서를 제출했다. 취미반에 가까운 동아리여서 특별한 오디션 없이 입부할 수 있었고, 그때부터 내 춤 인생이 시작됐다.

그게 작년 여름이니 벌써 1년이 지났다. 실력도 제법 늘었다. 이쯤 되면 춤에 진심일 법도 한데, 아니면 나가떨어지거나. 나는 이도 저도 아닌 상태로 반쯤 발만 걸치고 있었다. 댄스마저 저버린다면 지금의 나에겐 남는 게 하나 없을 테니.

벌컥 문이 열린 건 플레이 리스트가 30분쯤 돌아갔을 때였다. 땀범벅이 된 나는 헐떡이는 숨을 가다듬며 갑자기 들이닥친 불청객을 맞이했다.

"와, 아직도 동아리 하는 3학년은 너밖에 없을 거다. 열정이 대단해?"

제혁이었다. 나는 눈살을 찌푸리며 음악을 껐다.

"비꼬는 거야, 뭐야? 잔소리할 거면 꺼져."

제혁이 짐짓 겁먹은 표정을 지었다.

"아무리 그래도 절친한테 꺼지라니. 넘 무서."

"절친은 개뿔. 귀여운 척하지 마."

내가 투덜거리자 제혁은 큭큭 웃으며 차가운 이온 음료를 내밀었다. 화해의 표시인가? 마음은 모르겠고, 음료만은 고맙게 받지. 그렇지 않아도 목이 마른 참이었다. 나는 캔 뚜껑을 따 한입에 털어 넣었다. 제혁이 그런 나를 빤히 보았다.

"빈말도 아니고, 비꼬는 것도 아니야. 난 정말 네가 대단하다고 생각하는데. 춤에 진심인 거잖아."

진심이라고? 헛웃음이 났다. 나는 빈 캔을 우그러뜨리며 제혁의 가방에 대롱대롱 달린 리코더를 잡고 흔들었다.

"그래, 나 춤에 진심이다. 근데 넌 왜 리코더 배신했어? 전 애인 키보드를 못 잊었나 봐?"

"아이, 배신은 무슨. 키보드나 리코더나 둘 다 사랑하는 내 애기들인데."

그러나 정작 제혁이 애지중지하는 건 따로 있었다. 제혁의 손에 들린 두꺼운 문제집들. 손때가 까맣게 묻은 걸로 봐서는 닳고 닳도록 공부한 모양인데, 괜히 심통이 났다. 그래서 맘에도 없는 말만 괜히 쏟아냈다.

"쪼잔하게 300밀리리터짜리가 뭐냐. 사 올 거면 1.2리터 대용량을 사 와야지."

툴툴거리기도 하고,

"이거 좀 버려 줘."

구겨진 캔을 던지며 애꿎은 심부름을 시키기도 했다. 아무 말 없이 묵묵히 들어주는 제혁의 태도에 미안한 마음이 드는 건 덤이었다. 그래서 팥빙수나 먹으러 가지 않겠냐고 묻자, 제혁은 그건 됐고 다른 할 말이 있다고 했다.

"너 혹시 봉사활동 시간 다 채웠어?"

누가 모범생 아니랄까 봐 봉사활동 운운이라니. 잠시 잊고 살았던 생기부 관리의 부담감이 다시 엄습했다. 그래, 봉사활동 시간이란 걸 채워야 했더랬다. 아마도 작년 말을 기점으로 손을 놓았던 것 같은데⋯⋯. 올해도 어김없이 채워야 하는 그 시간을 나는 졸음과 대충 줄을 긋다 만 교과서와 춤을 추며 흘린 땀으로 대체한 모양이다.

현실 자각을 시켜 줘 고맙다고 해야 할 판에 나는 제혁을 쏘아봤다.

"자꾸 스트레스 줄래? 네가 잔소리 안 해도 할 거라고."

신경질을 냈는데, 어이없게도 제혁은 방실방실 웃었다.

"잔소리하는 게 아니라, 같이 봉사활동 할 생각 없냐고 물어보는 거야."

듣던 중 반가운 소리였다. 나도 모르게 입가에 미소가 번졌다.

"너 아직 다 안 채웠어? 이제야 내 절친 같네!"

제혁의 제안은 이러했다. 우리 학교에서 조금 떨어진 곳에 섬 같은 동네가 하나 있다고. 외진 동네라서 편의시설도 많지 않고, 학원 따위도 없는지라 그 동네 초등학생들이 방과 후에 갈 곳이 마땅치 않다는 것이다. 학원이 없다니, 완전 천국 아닌가? 내 생각에 반박이라도 하듯 제혁은 다행히 작은 동네 교회에서 지역 아동센터를 운영한다고 말해 주었다. 공부도 봐 주고, 간식도 주고, 어른들이 일 나가서 집에 아무도 없을 때 아이들을 돌봐 주는 곳이라고. 그래, 나도 안다. 나 역시 아동센터 출신이니까. 학원이나 다름없었지. 역시 대한민국에 진정한 천국은 없어. 생각의 흐름이 그렇게 이어질 때쯤 제혁이 본론을 꺼냈다. 거기로 봉사활동을 가자고.

글쎄, 난 귀찮은 건 딱 질색인데. 그리고 누굴 가르치는 데 소질도 없다. 특히나 애들 돌보는 거라면 더더욱 고맙지만 제안을 거절하려는데 제혁이 바쁘게 말을 이었다.

"이번에 지역 아동센터들이 연합으로 문화제를 하는데, 애들이 리코더보다는 방송 댄스를 하고 싶다네."

제혁의 말에 따르면, 춤 좀 가르쳐 주면 봉사활동 시간을 채울 수 있다는 거였다. 다시 생각해 보니 괜찮은 제안이었다. 그깟 봉사활동 시간 안 채우면 어떠냐 싶지만 남들 다 한다는데 나만 안 하기에는 불안했다. 그렇다고 도서관 보조나 하며 억지로 시간을 때우기는 싫었다.

그래, 애들 춤 가르쳐 주는 거야 쉽지. 그 정도면 뭐 해 볼 만하지 않을까? 끽해야 노래 틀어 주고 그 앞에서 신나게 흔들어 주면 되는 건데. 내 춤을 봐 주겠다니 나야 완전 땡큐다.

딱 그 정도 각오로 제안을 받아들였다. 앞으로 어떤 일이 펼쳐질지는 상상도 못 하고…….

그 주 토요일 오전 10시, 우리는 학교 앞 정류장에서 버스를 탔다. 오늘 방문할 '꿈자람 지역아동센터'는 버스로 30분 정도 떨어진 곳에 위치해 있었다. 버스를 타고 황량한 도로를 달리다 보니 '정말로 여기에 사람이 산다고?' 싶은 곳에 동네가 나타났다. 제혁의 말처럼 섬 같은 곳이었다.

동네가 작다 보니 있는 거 빼곤 다 없었다. 그 흔한 프랜차이즈 빵집이나 카페도 없었다. 대신 오래된 간판의 '봉구 빵집'과 '늘푸른 다방' '매일 슈퍼' 등의 작은 가게가 눈에 띄었다. 사전답사 차 몇 번 와 봤다던 제혁은 이 동네 핫 플레이스라며 'GG 편의점'을 소개시켜 줬다. 동네 유일의 편의점은 특히 초등학생 아이들의 '만남의 장소'이기도 했다. 그 앞을 지나가는데 벌써부터 아이들로 왁자했다. 하루면 아이스크림이나 불닭볶음면은 동이 날 듯싶었다. 저 정도면 매출이 꽤나 되겠는데? 편의점 알바가 필요하진 않을까? 별생각을 다 하며 제혁을 따라가다 보니 마당에 작은 주차장을 끼고 있는 교회 건물이 나타났다. 휴대폰을 귀에 댄 제혁이 누군가와 통화했다.

"네, 원장님! 저희 도착했습니다!"

잠시 후, 건물 뒤편에서 바지를 반쯤 걷고 밀짚모자를 쓴 아저씨가 나타났다.

"어이구, 제혁이! 어서 오너라!"

아저씨는 환히 웃으며 제혁에게 손을 내밀었다. 제혁 또한 연신 머리를 조아리며 아저씨 손을 맞잡았다.

"잘 지내셨어요, 원장님?"

"그래, 그래. 오느라 고생 많았다."

제혁의 어깨를 두드리던 아저씨, 아니, 원장님이 이번엔 내게 고개를 돌렸다.

"그런데 이 학생은 누구? 혹시 제혁이 여친?"

그 말에 제혁이 기겁을 하며 손사래를 쳤다. 뭐야, 왜 질색하는 거지? 기분 나빠야 할 사람은 나인 것 같은데? 원장님 몰래 제혁을 째려보자, 눈치 빠른 제혁이 얼른 내 소개를 했다.

"친구예요, 친구. 춤 가르쳐 주기로 한."

"아! 그 친구?"

그제야 원장님은 알아들었다는 듯 함박웃음을 띠었다. 손님 오시는 줄 알았다면 옷이라도 제대로 갖춰 입었을 텐데 제혁이가 말을 안 해줬다며 미안하다고 했다. 말은 그랬는데 딱히 미안해하는 것 같지는 않았다. 오히려 뒤에 텃밭이 있는데 김매는 중이었다며, 다음에 시간 나면 손을 빌려달라고 했다.

"그나저나 점심은? 아직 못 먹었지?"

짜장면이라도 한 그릇 시키겠다는 원장님과 아직 밥 먹을 시간이 안 됐다는 제혁이 설왕설래하고 있을 때였다. 노란 봉고차 한 대가 주차장 안으로 빠르게 들이닥쳤다. 어린이 보호 구역인데 저래도 되나 싶을 정도로 급정거를 한 봉고차에서 한 아주머니가 내렸다. 원장님이 그쪽을 향해 손을 흔들었다.

"여보, 다녀왔어요?"

말이 끝나기 무섭게, 차 뒷문이 활짝 열렸다.

"안녕하세요, 원장님!"

귀청이 떨어져 나가라 큰 목소리로 인사를 하며 초등학생 무리가 우르르 내렸다. 원장님과 하이파이브를 나눈 아이들은 제혁과 나를 힐끔 보더니 원장님에게 "누구예요?"라며 다 들리는 목소리로 물었다.

"어, 주말 캠프 때 너희 공부 가르쳐 줄 선생님."

원장님 소개에 아이들 눈이 호기심으로 반짝였다. 동시에 입으로는 벌써부터 까다로운 요구를 쏟아 내고 있었다. 공부하지 말고 놀아요, 보드게임 해요, 물총 싸움 해요. 제혁은 그래, 그래 하며 웃는 얼굴로 대했지만, 나는 목 뒤가 뻣뻣해지는 것 같았다. 얘네 등쌀에 살아남을 수 있으려나.

머리를 예쁘게 땋은 여자아이가 조심스레 다가와 내 손을 잡았다. 나를 올려다보는 아이의 눈빛이 초롱초롱했다. 나는 어떻게 반응해야 좋을지 몰랐다. 그저 "……안녕?" 하고 어색한 인사만 건넬 뿐이었다. 원장님이 그런 나를 가리키며 덧붙였다.

"이 언니는 말이지. 춤을 엄청 잘 춰. 너네 아이돌 알지? 아이돌만큼이나 잘 춘다니까?"

"아, 아니에요!"

나는 극구 부인했다. 언제 봤다고 그런 말을 하시나요. 저는 일개 취미반 동아리 부원일 뿐인데. 하지만 원장님은 이 언니가 너희들 춤을 가르쳐 줄 거라며 아이들 가슴을 빵빵하게 부풀렸다. 이러다 달아오른 내 얼굴이 먼저 터질 것 같은데…….

그때였다. 차갑고 뾰족한 한마디가 부푼 분위기에 날카로운 구멍을 냈다.

"얼마나 잘 추는지는 보면 알겠죠."

까무잡잡한 피부에 머리를 노랗게 염색한 여자애였다. 키는 또래에 비해 작았고, 팔다리도 삐삐 말라 앙상했다. 그렇다고 연약해 보이냐? 그건 아니었다. 쌍꺼풀이 진 크고 둥근 눈에서는 형형한 빛이 레이저처럼 뻗어 나왔다. 정확히 내 눈을 겨냥한 채로. 작은 고추가 맵다는 말이 딱 어울리는 아이였다. 그 기세등등함에 나는 마른침을 삼켰다. 슬쩍 눈을 피했는데 어쩐지 아이의 코웃음 소리가 들렸던 것도 같았다. 아이는 팔짱을 끼더니 찬바람을 휘날리며 내 곁을 지나갔다.

작은 뒷모습에서 독침을 숨긴 여왕벌의 기운이 느껴지는 건 왜

일까.

　아이의 이름은 강다혜. 나이는 열 살이고 위로 5학년 오빠가 하나 있는데 사이가 무척이나 안 좋다고. 아니, 안 좋다기보다는 오빠가 동생한테 쥐여 산다고 한다. 동생 성격이 워낙 까칠해서 오빠가 조금만 거슬리게 해도 욕 한 바가지가 날아온단다. 한번은 놀이터에서 눈잡을 하는데 오빠가 뒤통수를 때리고 도망가자 눈잡이고 뭐고 끝까지 쫓아가서 등짝이 시뻘게지도록 두들겨 팼다고, 얼마나 깡패 같았는지 아냐고 했다. 여기까지가 다혜의 오빠, 다준의 증언이었다.

　"다준이가 고생이 많구나."

　내가 위로의 말을 건네자 동생만큼이나 키가 작은 다준은 코밑을 슥 닦으며 웃었다.

　"괜찮아요. 이젠 뭐, 익숙해서 아무렇지도 않아요."

　동생과 다르게 다준은 사근사근 잘 웃었다. 동그란 안경을 낀 얼굴이 꼭 고양이 같았고, 피부도 뽀앴다. 그러나 생김새는 누가 봐도 남매라는 걸 알 수 있을 정도로 다혜와 닮아 있었다.

　"고마워, 다준아."

　다준은 궁금한 게 있으면 또 물어보라는 말을 남기고 제혁이 가르치는 리코더 연습실로 향했다. 나는 다준의 뒷모습을 잠시 바라보다 긴 한숨과 함께 고개를 돌렸다. 삼삼오오 모여서 춤 연습 중인 아이들 모습이 눈에 들어왔다. 그중 가장 중심에 선 아이는 당연히 다혜였다.

방송 댄스 연습을 하다 잠깐 쉬는 중이었는데, 내가 궁금하다며 놀러온 다준과 잠깐 이야기를 나누게 된 거다. 다준은 동생 성격이 보통이 아니라며, 누나가 고생이 많을 거라는 말로 나를 격려했다. 그렇지 않아도 느끼고 있었다. 아이들 춤 연습을 봐 주는데 자꾸만 다혜가 태클을 걸어왔다. 아이들이 연습하고 있다는 핑크 트리의 노래 '러브캔디' 안무를 대강 시범 보이고 있을 때였다.

"언니, 디테일이 그게 아닌데요?"

"……디테일?"

초등학교 3학년 입에서 나올 법한 단어는 아니었다. 다혜는 못마땅하다는 듯 나를 위아래로 훑더니 앞으로 나와 내 옆에서 춤을 췄다. 눈이 돌아갈 정도로 멋진 춤 솜씨였다. 노래가 끝나고 내가 환호하며 박수를 쳤지만, 다혜 입가에는 비웃음만이 떠올랐다.

"가르칠 거면 제대로 가르쳐야죠. 춤 연습 안 해 왔죠?"

반박할 수가 없었다. 3, 4학년 애들 가르치는 거라고만 생각해서 대강 비슷하게만 따라 추면 입 쩍 벌리고 감탄할 줄 알았기 때문이다. 이 정도 실력자가 있을 거라고 상상이나 했겠어? 그것도 이토록 까칠한 실력자라니.

나는 아이들에게 잠시 양해를 구하고 휴식 시간을 갖자고 했다. 그동안 동영상을 보며 안무의 핵심 포인트라도 다시 익힐 생각이었다. 그런데 그럴 필요도 없을 것 같았다. 다혜가 이미 너무 잘 알고 있었기 때문이다. 아이들도 오히려 다혜를 따라 추는 듯했다. 이럴 거면 날 대체 왜 부른 거지? 괜히 망신살만 뻗치게 한 제혁이 원망스러울 때쯤, 연습실 문이 활짝 열렸다.

"얘들아, 나 왔어!"

목소리를 색에 비유할 수 있다면, 다혜 목소리는 다크한 갈색이다. 한편 방금 들려온 목소리는 샤방샤방한 아이보리색, 또는 핑크색이라고 해야 할까? 밝고 명랑한 기운이 연습실을 가득 채웠다.

변화는 또 있었다.

"아빠가 음료수 사 줬는데 마실 사람!"

아이가 외치자 다혜 근처에 있던 아이들이 썰물 빠지듯 그 애 쪽으로 몰려갔다. 눈을 의심할 정도로 빠른 이동이었다. 역시 간식 효과가 큰 건가 싶었는데, 가만 보니 그것만은 아니었다. 그 아이는 다혜만큼이나 인기가 있었다.

이름 은지율. 나이 열 살. 큰 키에 뽀얀 피부, 블링블링한 옷차림새는 단번에 눈길을 사로잡았다. 특히나 지율이 내뿜는 쾌활한 기운은 보는 사람을 기분 좋게 만들었다. 나조차도 가까이 다가가 인사를 건네고 싶을 정도였다. 뒤에서 느껴지는 뜨거운 시선만 아니었다면, 나는 벌써 인파 속으로 들어가 인사하고 말았을 것이다.

뒤를 돌아봤을 때, 그곳에는 질투심에 불타는 다혜가 있었다.

다혜 곁에는 두 명의 친구들이 남아 있었는데, 눈치를 보며 어쩔 줄 몰라 하고 있었다. 그중 한 아이가 슬그머니 걸음을 옮기자 다혜의 불호령이 떨어졌다.

"너 어디 가!"

"어? 아, 난 그냥……."

아이는 울상이 되어 고개를 떨궜다. 마침 다혜 목소리를 들은 지율이 시선을 옮겼지만 관심 밖이라는 듯 고개를 돌렸다. 그 짧은 찰나에 나는 보고 말았다. 지율의 입가에 떠오른 같잖다는 썩소를. 그 표정은 금세 사라졌지만, 나는 온몸으로 느꼈다. 이거 보통 일이 아닌데? 지율과 다혜, 두 사람에게서 뻗어 나온 뜨거운 에너지가 점점 세력을 넓히며 격돌하고 있었다.

또 다른 여왕벌의 등장이었다.

3

불길한 예감은 역시 틀리지 않았다. 다혜와 지율, 지율과 다혜. 두 사람은 사소한 일로도 자꾸만 부딪혔다. 오늘도 마찬가지였다. 전면거울 앞에서 춤 연습을 할 때였다.

"야, 비켜. 거울 가리잖아."

다혜가 선공하면,

"네가 옆으로 옮기면 되잖아. 여기 원래 내 자리야."

지율도 지지 않고 받아쳤다. 나는 둘 사이에 껴서 이러지도 저러지도 못했다.

"얘, 얘들아, 조금씩 양보하면 안 될까? 지율이는 오른쪽으로, 다혜는 왼쪽으로 조금만 가면 될 것 같은데……."

어색하게 웃으며 중재해 봤지만, 둘에게서 돌아오는 대답만큼은 똑 닮은 하나였다.

"싫거든요!"

그렇게 으르렁거리다가도 이럴 때만 합이 짝짝 맞는다.

다혜는 지율을 째려보는 중이고, 지율은 무심한 듯 다혜를 외면하고 있다. 두 파로 갈린 연습실은 도무지 합쳐질 것 같지 않았다. 두 사람이 잘 지내야 문화제 준비도 원활할 텐데. 이런 어려움을 털어놨더니, 그제야 제혁이 나를 데려온 이유를 말해 주었다.

"사실 너라면 두 사람을 잘 컨트롤할 수 있을 것 같았어. 아무래도 오빠보단 언니가 낫지 않을까 해서."

천만의 말씀. 나도 어렵긴 마찬가지거든! 나는 제혁의 등짝을 두드리며 원망의 눈빛을 쏘았다. 나쁜 놈. 어떻게 나를 속일 수 있어! 제혁은 미안하다며, 문화제만 잘 끝나면 한턱 크게 쏜다고 했다. 한턱 갖고 될 것 같아? 지금 내가 겪고 있는 고난을 생각하면 두 번 세 번 쏴도 모자라다고.

서로를 싫어하기로 치면 막상막하지만, 그래도 더한 쪽을 꼽자면 다혜였다. 다혜는 지율이 웃기만 해도 째려보았고, 조금만 나서도 눈에 불을 켰다. 지금도 다혜는 지율을 노려보고 있다. 오늘은 또 뭐가 마음에 안 드시는 걸까. 아마도 지율이 입고 온 블링블링한 원피스 때문 아닐까? 정말이지 지율에게 딱 어울리는 원피스였다. 아이들의 부러워하는 시선이 느껴질 정도랄까. 그러니 다혜에게는 눈엣가시일 게 분명했다.

이런 와중에도 나는 어떻게든 안무를 지도해야 했다.

"자, 자, 우리 그럼 배운 데까지 한번 맞춰 볼까?"

어찌어찌 연습을 진행하고 있을 때였다. 조금 어려운 파트가 나왔는데 아이들 동선이 맞지 않아 꼬이기 시작했다. 어떻게 지도해야 하나 고민하고 있는데, 지율이 불쑥 나섰다.

"언니, 저요! 저 알아요!"

지율은 자기가 집에서 몇 번이나 연습해 왔다며 나서고 싶어 했다. 직감적으로 그냥 뒀선 안 된다 싶었지만 때를 놓쳤다. 이미 앞으로 나온 지율이 아이들을 지휘하고 있는데, 여기서 그만하고 들어가라고 하면 지율의 기분이 상할 것 같았다. 문제는 다혜였다. 벌써부터 전투력이 올라가는 게 느껴졌다. 역시나 다혜의 얼굴이 벌겋게 달아오르고 있었다. 지율이 나서는 꼴이 보기 싫은 거다. 어떡하지? 서둘러 지율을 들여보내고 주도권을 가져오려는 찰나, 일이 벌어졌다.

"언니, 저 안 할래요!"

다혜의 큰 목소리가 연습실에 쩌렁쩌렁 울렸다. 쾅쾅 발을 구르며 대형을 이탈한 다혜는 지율이 들으라는 듯 비꼬는 말까지 던졌다.

"키만 크지 뻣뻣해서 웨이브도 못하는 게 웬 잘난 척? 재수 없어."

나는 얼른 지율의 표정을 살폈다. 딱딱해진 눈매가 심상치 않았다. 물론 지율은 다혜처럼 감정을 터트리진 않았다. 하지만 나는 지율이 입 모양으로 욕을 하는 걸 보았다. 예쁜 말만 할 것 같은 지율이었는데. 결국 최악의 상황이 펼쳐지고 말았다.

두 사람의 불꽃 튀는 감정싸움 때문에 분위기는 엉망이 됐다. 평화를 원하는 몇몇 아이들이 애처로운 눈길로 나를 바라봤다. 언니가 나서서 어떻게 좀 해달라는 의미였다. 그런데 얘들아, 나도 너희랑 별반 다를 게 없어. 어떻게 해야 할지 도무지 모르겠다고. 아이들이 내 간절한 눈빛을 읽기 바랐지만, 바랄 걸 바라야 했다. 그래도 맡은 바 임무를 다하기 위해 앞으로 나섰다.

"다들 덥고 힘들지? 우리 좀 쉬었다 할까? 언니가 아이스크림 쏠게!"

뭐니 뭐니 해도 기분전환엔 달달한 게 최고다. 약발이 좀 먹힌 걸까. 지율도 다혜도 조금은 표정이 누그러졌다. 기분 나쁜 건 나쁜 거고, 아이스크림은 먹고 싶은 거구나? 그럼 그렇지. 먹을 거야말로 불편한 관계의 만병통치약 아닐까? 이런 모습을 보면 두 사람 다 화해의 여지는 있는 거였다. 아이스크림 좋아하는 사람 치고 나쁜 사람은 없으니까. 다만 다혜는 여전히 다 풀리지는 않은 모양이다. 친구 둘을 데리고 구석으로 가더니 지율을 힐끔거리며 귓속말을 나누고 있었다. 딱 봐도 무슨 말을 하는지 알 것 같았다. 지율을 바라보는 눈빛이 뜨겁다 못해 팔팔 끓는 용광로다. 이럴 때는 거리두기 작전으로 열기를 식힐 필요가 있다. 나는 조심스럽게 다혜에게 접근했다.

"다혜야, 언니 아이스크림 사러 갈 건데, 근처에 편의점 어디 있어? 좀 알려 줄래?"

다혜가 눈살을 찌푸렸다. '이 언니가 갑자기 웬 친한 척?' 하는 눈치였다. 다혜 곁에 있던 두 아이가 자기들도 가겠다며 해맑게 끼어들었다.

"어…… 다혜랑 둘이 가도 될 것 같은데?"

아이들 기분이 상하지 않게 최대한 돌려 말했다. 다혜에게는 몰래 입 모양으로 속뜻을 전했다.

'다혜야, 둘만 가자. 맛있는 거 사 줄게.'

다행히 아이들은 눈치채지 못했고, 다혜는 알아들었다. 싫지는 않은지 아주 잠깐 다혜의 입꼬리가 올라갔다. 금세 도도한 표정으로 돌아온 다혜가 아이들에게 말했다.

"너희는 여기 있어. 금방 갔다 올게."

그러고는 가자는 듯 나를 힐끔 보더니 앞장서서 걸었다. 저 조그마한 아이 하나를 어쩌지 못하는 내 신세가 우스우면서도, 어딘지 카리스마 있는 다혜가 멋있어 보이기도 했다.

나는 다혜를 따라 서둘러 걸음을 옮겼다.

편의점에서 아이스크림을 잔뜩 샀다. 두 아이를 위해 한 달 용돈의 절반 가까이를 지출했는데, 제혁에게 청구해서 모두 받아 낼 예정이다. 다혜에게는 특별 간식까지 사 주었다. 그래 봤자 조금 더 비싼 구슬 아이스크림을 하나 더 사 주는 거였지만, 마음에 드는지 다혜는 앞서 걸으며 숟가락으로 아이스크림을 열심히 떠먹었다. 나는 양손 가득 아이스크림이 든 봉지를 들고서 다혜 뒤를 자근자근 따랐다.

"다혜야, 맛있어?"

다혜는 곁눈질로 한 번 쳐다보고는 말없이 고개만 끄덕였다. 나는 포기하지 않고 물었다.

"너 아이스크림 되게 좋아하는구나?"

"아이스크림 싫어하는 사람도 있어요?"

귀찮다는 투였다. 그렇다고 이대로 물러설 수는 없지.

"근데 있잖아, 지율이는……."

그 이름을 꺼내자마자 다혜 눈빛이 불같이 타올랐다. 그렇지 않아도 더운 날씨에 긴장감까지 더해지자 내 온몸의 땀구멍이 폭발하는 화산처럼 열렸다. 마침 지나가는 아주머니가 다혜에게 말을 걸지 않았다면 정말이지 식겁했을 거다.

"짜오, 다혜!"

낯선 인사말이 다혜를 향했다. 목발을 짚은 아주머니였는데, 다혜에게 반갑게 손을 흔들며 "짜오"를 반복했다. 그때의 다혜 표정을 봤어야 한다. 먹고 있던 아이스크림이 똥으로 변하기라도 한 듯한 표정이었다. 아주머니가 알아듣기 힘든 말로 자꾸만 말을 걸자 다혜도 하는 수 없다는 듯 대꾸를 했다.

"안녕하세요……."

그제야 아주머니도 한국말로 말을 이었다. 오랜만이라며, 언제 이렇게 컸냐는 둥, 엄마 아빠는 잘 계시냐는 둥. 아주머니의 어색한 억양만큼이나 다혜 태도도 뻣뻣해졌다. 빨개진 얼굴로 내 눈치를 보던 다혜는 아동센터에 가야 한다며 인사도 없이 황급히 아주머니와 멀어졌다. 심지어 나를 기다려 주지도 않고 말이다. 왜 저러지? 나는 고개를 갸웃하며 다혜 곁으로 따라붙었다.

"같이 가!"

걸음을 빨리하던 다혜가 우뚝 멈춰 섰다. 그러고는 억울하다는 듯 발을 구르며 다가오더니 큰 소리를 냈다.

"은지율이 먼저 시작했다구요. 내 잘못 없어요!"

"……어?"

당황한 내게 다혜는 그동안 쌓아두었던 억울함을 토로했다. 여

174

태 어떻게 참았나 싶을 정도로 빵빵하게 부풀어 있던 감정들이 터져 나왔다. 곧 다혜 눈에서 눈물이 쏟아졌다. 주변에 아무도 없었기에 망정이지, 누가 봤다면 내가 큰 잘못이라도 한 줄 알았을 거다.

마구잡이로 쏟아놓아서 말에 두서가 없었지만, 정리해 보자면 다혜의 말은 대략 이랬다. 지율이 먼저 나를 공격했다, 내가 좋아하는 남자아이가 있었는데 그걸 알면서도 그 애에게 사귀자고 말해서 그 애를 빼앗아갔다, 게다가 내가 무슨 춤만 추면 다음 날 배워 와서 똑같이 따라 춘다, 그러면서 아이들 인기를 빼앗아 가려 한다…….

"선생님도 지율이만 칭찬한다고요. 얼마나 짜증 나는지 알아요? 툭 하면 아는 척, 잘난 척, 귀여운 척! 장기자랑 발표 시간에는 러브캔디 춤을 췄다고요. 내가 제일 먼저 췄는데!"

순간, 다혜가 왜 그토록 지율을 미워하는지 알 것 같았다.

질투가 나는 거구나.

그리고 그 질투가 어디서 비롯됐는지도 대충 알 것 같았다. 아주머니와의 만남 이후로 돌변한 다혜 모습에서 짐작할 수 있었다. 뭐가 그렇게까지 밉고 질투 날까 싶지만, 생각해 보면 나도 다혜와 비슷한 과였다. 아무리 노력해도 다른 아이들과 같아질 수 없는 게 억울했다. 그러다가도 이런 모습인 내가 싫었다. 남들은 그런 거 아무렇지 않아 하던데, 나는 왜 이런 사람일 수밖에 없는 걸까.

문득 다혜가 안쓰러워졌다.

4

그날 오후, 춤 연습은 끝났지만 집으로 돌아가지 않고 잠시 센터에 남았다. 사무실에 앉아 원장님이 내어준 서류 복사본을 읽었다. 제혁의 손에도 나와 같은 복사본이 있었다.

개인정보를 모두 제공할 수는 없다며 원장님이 이것저것 가리고 복사해 놓았지만, 필요한 정보는 모두 담겨 있었다. 다혜가 작성한 자기소개서에는 반듯한 글씨로 이름, 생일, 좋아하는 것 등이 적혀 있었는데 그중 눈에 띄는 게 있었다.

엄마 이름 : 쯔엉 티 쿠엔

다준의 피부는 흰 편이었다. 동생인 다혜가 조금 이국적으로 생기긴 했지만, 엄마가 베트남 사람일 거라고는 전혀 생각하지 못했다. 아까 만났던 베트남 아주머니와 다혜의 자기소개를 보고서야 알았다. 다혜 또한 나처럼 엄마가 다른 나라에서 왔다는 걸.

내 어린 날이 떠올랐다. 자신들과 내가 다르다는 걸 대놓고 말하는 아이들은 주변에 없었다. 고1 축제 때 마주쳤던 그 나쁜 새끼들을 빼면, 내 인생에서 엄마의 국적은 크게 놀림거리가 아니었다. 선생님들도 차별 없이 대해 주었고, 오히려 배려를 받은 부분도 분명히 있었다. 다문화 가정을 지원해 주는 여러 프로그램이나 복지 서비스의 혜택을 충분히 누렸으니까.

그런데도 내 안에서는 어떤 의문이 사라지지 않았다.

'나는 왜 다르지?'

'우리 엄마는 왜 한국말을 못할까?'

어느 정도 철이 들었을 땐, 엄마와 함께 길을 걷다 보면 힐끔거리는 시선이 느껴졌다. 뚫어지게 쳐다보는 건 아니었고, 어디에서 왔냐고 묻는 사람도 없었다. 다만 그 힐끔거림이, 기분 나빠할까 봐 또는 차별한다고 할까 봐 제대로 보지 못하는, 분명 그런 시선이 있었다. 무심코 던져지는 관심 말이다. 엄마와 나는 다른 사람의 눈길을 빼앗았다. 흰 도화지에 찍힌 까만 점처럼.

같은 다문화 가정 친구들 중에는 그런 걸 못 느끼는 아이도 있었다. 그러나 나는 그것에 예민했다. 그런 식의 곁눈질이 싫었고, 어색한 배려가 짜증 났다. 무엇보다도, 나는 평범해지고 싶었다. 다른 아이들처럼 엄마가 한국 사람이면 좋겠고, 쌍꺼풀이 두껍지 않고 피부도 흰 편에 가까웠으면 싶었다.

그러나 그건 불가능한 일이었다. 나로서 살아가려면 있는 그대로의 나를 인정해야 했다. 거칠게 방황하던 시절도 있었지만, 나는 그런대로 나를 받아들였다. 왜 다르냐고 원망하지 않고 다름을 자연스럽게 바라보게 되었다. 그렇게 되기까지 숱한 고민의 밤들이 필요했지.

아직 어린 다혜에게 그것이 얼마나 아픈 상처일지 잘 안다. 다혜가 지율을 그토록 질투하는 이유도 서로 다르기 때문일 것이다. 춤으로는 다혜가 지율을 월등히 앞섰다. 그럼에도 다혜가 지율을 경계하는 이유는, 아무리 애를 써도 가질 수 없는 것을 지율이 가지고 있어서일 거다.

그 마음을 누구보다 잘 안다. 그래서 도와주고 싶었다. 다혜가 자신을 사랑할 수 있도록. 어떡하면 자존감을 높여 줄 수 있을까?

이런 내 고민을 들은 제혁이 원장님에게 도움을 요청했고, 다혜의 자기소개서를 들여다보게 된 거다. 조금이라도 다혜를 알게 되면, 도와줄 수 있는 부분을 찾을 수 있을 것 같아서.

그러나 다혜는 자기소개서에도 자신을 다 드러내지 않았다. 짧은 문답 속에는 그저 생일이 언제인지, 좋아하는 음식이 무엇인지 등 뻔한 정보만 나열되어 있을 뿐, 다혜의 마음을 깊이 알 수 있는 정보가 들어 있지는 않았다.

나 혼자였다면 그냥 포기하고 말았을 거다. 하지만 백지장도 맞들면 낫다더니, 하나보단 둘이 나았다. 팔짱을 낀 채 자기소개서를 째려보던 제혁이 갑자기 대단한 비밀이라도 발견한 양 종이를 마구 흔들었다.

"이거 좀 봐!"

"뭔데? 뭔데 그래!"

제혁은 흥분을 감추지 못한 채 소개서의 어느 한 부분을 짚었다. 덩달아 상기된 나는 제혁이 가리킨 그곳을 뚫어져라 쳐다보았다.

"헐, 다음 주가 다혜 생일이네?"

제혁이 바로 그거라며 눈을 찡긋했다. 머릿속으로 멋진 장면 하나가 스치고 지나갔다.

다혜를 위한 성대한 생일 파티.

다혜의 눈, 코, 입이 생생히 그려진다. 감동으로 일그러지는 입술, 바르르 떨리는 볼, 조금씩 차오르다 결국 터지고 마는 눈물! 손뼉을 치는 아이들과 수북이 쌓인 선물은 보너스다. 다름을 이해하려는 노력이 결실을 맺는 순간이다. 마침내 지율도 화해의 손길을 내밀고, 다혜는 울다 웃다 하며 그 손을 맞잡는다. 언어와 외모의 장벽을 넘어 진정한 하나가 되는 것이다.

완벽한 연출 아닌가? 생각만으로도 짜릿했다. 나는 제혁의 머리를 헝클이며 환호를 터트렸다.

다혜를 위한 특별한 이벤트는 아이디어가 떠오르고 나서부터 일사천리로 진행됐다. 물론 나 혼자서는 할 수 없었다. 많은 사람들의 손을 빌렸다. 제혁은 복장을 준비하기로 했다. 특별한 드레스코드가 필요했다. 바로 베트남 복장 아오자이! 제혁은 베트남 문화원에 연락을 해 아오자이를 스무 벌이 넘게 빌려 왔다. 문화

원의 협조가 없었다면 불가능했을 일인데, 제혁이 파티의 취지를 잘 설명해 해결할 수 있었다.

생일 상차림은 대한 선배 부모님이 도움을 주셨다.

"이 정도야 가뿐하지. 걱정하지 말거라. 좋은 일 한다는데 힘을 보태야지."

아저씨의 허락에 나는 만세를 불렀다.

"아저씨, 사랑해요!"

재료값이 꽤 많이 들었는데 주성 오빠와 소방서 식구들이 찬조금과 더불어 인력까지 지원해 주어서 상당량은 해결되었다. 팔을 걷어붙인 주성 오빠는 두꺼운 팔뚝으로 많은 재료들을 단번에 손질했다. 양파를 까는 오빠의 섬세한 손놀림이란!

"아우, 그런데 맵긴 너무 맵네."

허허허, 너털웃음을 터트리며 눈을 비비던 주성 오빠는 양파 몇 망을 다 깐 후 시뻘건 눈으로 교대 근무 출근에 나섰다. 이를 감염병으로 오인한 소방대장님에 의해 격리를 당할 뻔했다는 후일담은 믿거나 말거나다.

대한 선배의 어머니가 제일 고생이 많으셨다. 처음 만들어 보는 베트남 음식이지만 잘해 보고 싶다며 요리책과 유튜브를 밤새 보셨단다.

"남의 나라 음식인데 못 하는 게 당연하죠."

죄송한 마음으로 건넨 말을 아주머니는 뼈 때리는 말로 돌려주셨다.

"다혜한테는 남의 나라가 아니잖아."

맞는 말이다. 다혜 혀끝에는 사소한 맛의 차이도 예민하게 느껴질 거다. 뿐만 아니라, 아주머니는 요리사로서의 자존심도 걸려 있는 문제라 했다. 파티에 초대된 모든 사람들이 맛있게 먹었으면 좋겠다고 했다. 그래야 치킨집 홍보도 되지 않겠냐며, 노련한 요식업계 사장님으로서의 면모도 숨기지 않았다.

나 또한 아주머니를 돕기 위해 느리고 서툴지만 열심히 손을 놀렸다. 반쎄오, 분짜, 짜조, 쌀국수……. 사 먹을 줄만 알았지, 직접 해 볼 거라고는 생각지 못했던 음식들이었다. 노랗고 빨간 야채를 썰고 파를 다졌다. 프라이팬에 볶고 지지고 끓이고. 불 앞에서 꽤 오랜 시간을 보냈다. 얇은 피에 야채를 올려 먹기 좋게 말면서 나는 뜨거운 나라 베트남을 떠올렸다.

대한민국 사람들은 베트남으로 여행을 많이들 간다. 베트남 음식점도 주변에 얼마나 많은지 모른다. 그럼에도 아직 우리는 온전히 받아들여지지 못했다. 유리 벽은 보이지 않더라도 가까이 다가가 보면 느껴지기 마련이다. 평소에는 아무렇지 않다가도 어느 순간 떡 하니 그 존재감을 드러내며 '너'와 '나'를 나누는 거다. 나는 유리 벽을 만날 때마다 뒤돌아섰지만 다혜는 그 유리 벽을 두드리고 있었다. 하지만 유리 벽 너머로 넘어가기는 어린 다혜에게 벅찬 일이었겠지.

오늘을 계기로 유리 벽이 완전히 허물어진다면 얼마나 좋을까. 그러나 오늘 그 벽을 넘는 일은 다혜 몫이 아니다. 파티에 초대된 아이들이 할 일이지. 다혜가 할 일은 따로 있다. 만에 하나 유리 벽이 사라지지 않더라도 스스로를 그 벽에 비추어 보지 않는 것. 있는 그대로 살아가는 법을 다혜가 꼭 배웠으면 했다. 그런 마음을 담아 제혁의 입에 쌈 하나를 넣어 주었다. 요리하는 내내, 내 옆에서 거들고 이야기를 들어 준 제혁이 이렇게 말했다.

"어우, 야, 이거 너무 크다. 애들이 먹기 힘들겠는데?"

다음 순간, 제혁의 정강이는 남아나지 않았다. 그냥 주는 대로 먹으라고!

아동센터의 너른 마당에 천막을 쳤다. 뷔페 스타일로 음식을 차리고, 한쪽에는 테이블을 갖다 놓았다. 원장님은 행사의 취지를 더욱 살릴 수 있게 대형 트램펄린까지 공수해 오셨다. 오전 내내 설치하느라 교회 집사님들과 낑낑거리시더니, 설치를 다 한 후에는 아이처럼 뛰어 보며 좋아하셨다. 나더러도 들어와 보라는 걸 겨우 사양했다. 아직 할 일이 남았으니까.

나는 오늘 다혜 전담이다. 남은 아이들은 제혁이 맡아주기로 했다. 특히 지율을 구슬리는 게 관건이었는데, 제혁은 최대한 잘해 보겠다고 했다.

제혁은 일종의 물량 공세를 펼쳐 놓았다고 했다. 지율의 마음을 얻기 위해 칭찬도 많이 해 주고, 선물도 하면서 친해졌다고 하는데. 뭐, 믿어 봐야지.

"확실히 해라. 삐끗하면, 알지?"

내가 엄지로 목을 긋는 시늉을 하자 제혁은 삐질, 식은땀을 흘리면서도 걱정 붙들어 매라고 했다. 나는 그런 제혁을 보며 옅은 한숨을 뱉었다. 네가 암만 호언장담해도 내 마음이 편치가 않단다. 지율이 어디 좀 만만찮아야 말이지. 어찌 됐든 오늘의 성공 열쇠는 지율이 쥐고 있었다. 지율이 다혜를 얼마나 부러워하느냐. 그것이 다혜 자존감의 바로미터가 될 것이었다. 좀 치사한 방법이긴 하지만, 그래야 다혜의 어깨가 으쓱 올라갈 듯했다.

다혜와는 편의점 앞에서 만나기로 했다. 문화제에서 입을 무대 의상을 가져가야 하는데, 좀 도와줄 수 없겠냐며 약속을 잡은 것이다. 물론 뻔한 거짓말이었다. 옷 나르는 일을 굳이 다혜에게 시킬 이유는 없었다. 그래도 대충 둘러댈 핑계가 필요했다. 다혜를 놀라게 해 주려면 준비 시간이 필요하니까. 다른 아이들에게는 비밀 유지를 부탁했다. 지금쯤 제혁이 아이들에게 파티 복장을 나눠 주고 있을 거다. 생일 파티가 준비되고 있다는 걸 철저히 비밀에 부친 뒤, 서프라이즈! 눈이 휘둥그레질 다혜를 생각하니 절로 웃음이 나왔다.

내가 도착한 지 얼마 되지 않아 다혜가 나타났다.

"안녕!"

밝게 인사하자 다혜가 껄끄럽게 인사를 받았다.

'아직은 우리 둘 사이가 그 정도로 친한 건 아니잖아요?'

표정만으로도 속마음이 들리는 듯했다. 나는 미리 준비해 온 커다란 종이 가방 두 개 중 하나를 내밀었다.

"자, 이거만 들어 주면 돼. 너 하나, 나 하나."

종이 가방을 손에 든 다혜가 고개를 갸웃했다.

"애걔."

"애걔?"

"이거 가지고 돼요? 사람이 몇 명인데."

예리한 것. 그냥 넘어가는 법이 없구나. 다혜 말마따나 종이 가방에는 달랑 옷 한 벌만 들어 있었다. 문화제에 나가는 아이들 숫자가 열 명이 넘는데, 도움의 손길을 요청해 놓고 달랑 옷 한 벌만 들어달라고 하니 의심이 가긴 할 거다.

"한 번에 다 들고 오기 힘들잖아. 조금씩 가져와야지."

어딘가 부족한 내 대답에 다혜는 콧방귀를 뀌었다.

"이럴 거면 큰 박스에 넣어서 택배를 보내요. 귀찮게 하지 말고."

지나가듯 하는 핀잔이 꽤 아팠다.

"아이, 그래도. 언니는 다혜랑 친해지고 싶어서."

그러곤 너만 들으라는 듯 작게 속삭여 줬다.

"춤은 또 우리 다혜가 최고잖아. 안 그래?"

아주 잠깐이지만 다혜 입술이 씰룩거렸다. 내 눈은 못 속인다. 너, 속으론 좋은 거지? 그런 거지? 칭찬 한 방이 먹힌 것 같아 괜히 뿌듯했다.

손에 종이 가방을 하나씩 들고 걸으며 이런 저런 얘기를 했다. 대부분은 내가 다혜에게 물었다. 언제부터 춤을 췄어? 아이돌 누구 좋아해? 꿈은 뭐야? 나중에 커서 아이돌 하면 언니 사인해 줄 거야? 네, 아니요, 몰라요. 세 가지로 모아지는 대답을 듣고 있자니 한숨이 나오려는 걸 겨우 참았다. 너도 참 친해지기 힘든 스타일이구나. 지율의 마음이 이해되는 건 웬일이야.

그래도 어찌어찌 센터 앞까지 왔다. 멀리서도 시끌벅적한 소리가 들렸다. 평소와는 다른 소리에 다혜 얼굴에도 호기심이 깃들었다. 제혁이 신중을 기해 선정했을 베트남 음악도 흐르고 있었다. 낯설지만 익숙한 단어와 음색. 다혜는 벌써 눈치챈 걸까? 표정에 약간의 변화가 있었다. 어리둥절해하면서도 끊임없이 궁금해하고 있었다. 센터에서 대체 무슨 일이 일어나고 있는지. 나는 그런 다혜 손을 슬쩍 잡았다.

"가 볼까?"

온갖 소리에 정신이 팔려 있던 다혜가 나를 힐긋 보았다. 눈초리가 약간의 망설임으로 내려앉아 있었다. 왜? 주저할 게 뭐가 있어? 오늘은 너만을 위한 파티라고. 그런 의미의 미소를 짓자 다혜가 입술을 굳게 다물었다가 말했다.

"네, 가요."

그때부터는 다혜 걸음이 더 빨랐다. 오히려 내가 이끌려 가다 시피 했다. 궁금하겠지. 자신을 기다리고 있을 서프라이즈 파티가. 나는 벅찬 마음으로 다혜의 걸음걸이에 속도를 맞췄다. 나야말로 누구보다 열렬히 축하해 주리라. "다혜야, 한국에서 태어난 걸 축하해!" 하고 크게 외쳐 주고 싶었다.

그런데…….

"뭐 하는 거야?"

다혜 목소리가 싸늘했다.

"지금 뭐 하는 거냐고!"

다혜의 외침에 마당에 있던 모두가 얼어 버렸다. 뒤늦게 나타난 원장님이 "다혜야, 생일 축하해!" 하고 외쳤다가 사모님에게 옆구리를 찔렸다. 다혜는 벌게진 눈으로 마당을 살폈다. 베트남어로 쓰인 생일 축하 현수막, 식탁 위에 차려진 쌀국수와 월남쌈, 베트남 전통 복장으로 드레스코드를 맞춘 아이들을 차곡차곡 눈에 담던 다혜는 일그러진 표정으로 소리쳤다.

"싫어, 싫다고! 이런 거 나 진짜 싫다고!"

마침 생일케이크를 들고 오던 지율이 걸음을 돌렸다. 지율을 돕고 있던 제혁이 황급히 지율을 뒤따랐다. 모든 게 너무 순식간에 일어난 일이라 나 또한 넋을 놓고 있었다. 다혜가 나를 돌아보더니 종이 가방을 집어던졌다. 가방에서 무대 의상이 빠져나와 내 얼굴을 덮쳤다. 그 사이로 울고 있는 다혜의 모습이 보였다.

다혜가 빠르게 멀어졌다. 나는 어찌할 바를 몰라 사람들과 다혜를 번갈아 보았다. 아주머니가 얼른 따라가 보라며 눈짓했다. 그제야 정신이 든 나는 서둘러 다혜를 쫓았다.

5

"다혜야! 다혜야, 기다려!"

다혜는 걸음이 무지 빨랐다. 겨우 쫓아가 붙잡자 다혜가 내 손을 탁, 쳤다.

"놔!"

눈물을 닦으며 소리치는 다혜의 모습에 가슴이 아팠다. 한편으로는 왜 이렇게 화를 내는지 의문이었다. 기껏 준비한 파티가 엉망이 됐다. 속상하고 원망스러운 마음이 드는 것도 사실이다. 그래도 지금 가장 속상한 사람은 다혜일 테니, 최대한 조심스럽게 물었다.

"왜 그러는데? 뭐가 화나는지 얘기해 줘. 그래야 알지."

"그냥 내버려 둬."

"어떻게 그래. 다혜야, 언니한테 말해 주면 안 될까?"

다혜는 대답이 없었다. 서럽게 울며 손등으로 눈물만 닦아냈다. 그 모습이 어릴 때 내 모습 같았다. 나도 내가 다른 게 싫어서 저렇게 울고는 했지. 나는 다시 한번 다혜 어깨에 손을 올렸다. 다행히 이번에는 뿌리쳐지지 않았다. 들썩이는 어깨를 다독이며 말을 이었다.

"다혜야, 언니도 그랬어. 언니도 너처럼 속상했어."

듣고는 있는 건지, 다혜는 반응이 없었다. 그래도 계속해서 내 이야기를 들려줘야 했다. 다혜에게 힘이 되도록 말이다.

"넌 충분히 잘하고 있어. 친구들 사이에서 인기도 많고, 춤도 잘 추고. 그런데도 부끄러운 거지? 엄마가…… 다른 나라 사람인 게."

다혜가 울음을 멈췄다.

"그래서 지율이가 부러운 거고."

"……부럽지 않아."

다혜 목소리가 떨렸다. 내가 너무 정곡을 찔렀나. 아프겠지. 아플 거다. 그래도 이겨내야 한다. 이겨내야 다음 단계로 넘어갈 수 있다.

"나도 그랬어. 언니도 너처럼 스스로가 부끄러웠어. 친구들과 다르다는 게. 우리 엄마가 한국 사람이 아니라는 게. 그런데 이제는 아니야. 하나도 안 부끄러워. 부끄러울 게 없거든. 그건 너무 당연한 거야. 너와 내가 다르듯, 우리 모두는 다르고, 다른 건 부끄러운 게 아니거든."

내가 생각해도 참 좋은 말이라 생각했다.

문제는 나만 그렇게 생각했다는 데 있었다.

"나는 싫다고!"

여태 잠잠하던 다혜가 다시 폭발하기 시작했다. 눈물범벅이 된 눈으로 나를 노려봤다.

"언니가 뭔데? 언니가 내 마음 알아? 나는 싫다는데 왜 자꾸 그런 말을 해? 나는 그런 거 다 싫다니까!"

나는 당황해서 변명이라도 해 보려 했다. 이렇게 하면 네가 좋아할 줄 알았다고. 엄마의 나라에 자부심을 가질 거라 생각했다고. 내가 그랬던 것처럼 너도 괜찮아지길 바랐다고. 그런데 다혜의 눈물을 보고 있자니 그런 말은 아무 소용없을 것 같았다.

다혜 말이 맞았다. 내가 뭔데. 내가 뭔데 다혜에게 좀 더 자라길 강요한 걸까.

내게는 그럴 자격이 없다.

다혜의 슬픔 속에서 나는 떠올릴 수 있었다. 남과 다른 나를 알아 가는 게 얼마나 고통스러운 일인지를. 나 역시 아직도 잘 못 하는 그 일을 열 살 다혜에게 해내라 밀어붙이고 있던 것이다. 그걸 알게 된 순간, 내가 얼마나 잔인한 짓을 저질렀는지 깨달았다.

누구보다도 다혜가 가장 힘들었을 텐데. 내가 조심스럽지 못한 탓에 다혜는 아픈 곳을 두 번 찔린 것밖에 되지 않았다.

그렇다면 지금 내가 해 줄 수 있는 건 뭘까? 아마 아무것도 없을 것이다. 다름을 인정하고 스스로를 받아들이는 건 분명 필요한 일이지만, 그건 각자의 시간이 해결할 일이지 내가 할 일은 아니니까. 다혜는 내가 아니며, 따라서 나와 다른 선택을 해도 얼마든지 괜찮았다.

지금 내가 할 수 있는 건 진심으로 사과하는 것밖에 없었다. 다혜의 삶을 섣불리 판단하고 위로하려 했던 내 잘못에 대해.

"미안해."

"……."

"이유 불문하고 미안. 무조건 내가 잘못했어."

다혜는 갑자기 왜 이러냐는 눈으로 나를 쏘아봤다. 그래도 아까보다는 눈길이 많이 부드러워졌다.

"알면 됐어요."

다혜는 휴지가 없냐고 물었다. 휴지는 없었지만 정신없이 쫓아오다 보니 손에 들고 와 버린 종이 가방이 있었다. 다혜가 내 손에서 그것을 가져가더니 무대 의상을 꺼내 코를 팽 풀었다. 그러고는 버럭 소리를 질렀다.

"당장 가서 원래대로 해 놔요!"

"어, 어. 그래."

그러더니 나를 흘겨보고는 휙 스쳐 지나갔다. 뭐야. 화가 풀린 거야, 안 풀린 거야? 멍한 눈으로 뒷모습을 바라보고 있는데 다혜가 고개를 돌렸다. 순간 움찔한 걸 들켰을까?

"뭐해요! 빨리 안 따라오고!"

"아, 알았어!"

나는 서둘러 다혜 곁에 따라붙었다. 미우니 가까이 붙지 말라고 했다가 빨리 안 오냐고 했다가. 어느 박자에 맞춰야 좋을지는 모르겠으나, 다혜가 나를 좀 더 편하게 대하는 것 같은 느낌은 나만의 착각일까? 어쨌든 서로에게 한 걸음 다가간 건 확실했다.

6

다혜 생일 파티는 조금 시간이 걸렸지만 다혜가 원하는 스타일대로 진행됐다. 베트남 전통의상은 벗어 버리고 생일상도 다혜가 좋아하는 것들로 채웠다. 아까운 음식들은 버릴 수 없어 마을 분들에게 돌렸다. 그분들도 좋아하고, 아이들도 좋아했다.

"생각해 보면 치킨이야말로 최고의 생일 음식 아니겠어?"

아주머니는 치킨을 스무 마리도 넘게 튀겨 왔다. 치킨 박스마다 홍보물을 가득 붙여서.

다행히 생일 케이크는 새로 사지 않아도 됐다. 다혜가 좋아하는 초코 케이크였으니까. 제혁이 딸기 생크림을 사려는 걸 지율이 말렸단다.

"다혜는 초코예요. 무조건 초코."

다혜 취향을 어찌 그리 잘 알고 있는지. 지율은 빵집 사장님에게 다혜가 좋아하는 캐릭터 모양 초콜릿까지 올려달라고 주문했다고 한다. 케이크를 받은 다혜가 그 어느 때보다 활짝 웃은 건 말할 필요도 없다. 친구들의 생일 축하 노래를 들으며 다혜는 맘껏 행복해했다. 열 개나 되는 초도 한 번에 불어 껐다.

어이가 없었던 건 언제 눈에 불을 켜고 싸웠냐는 듯 다혜와 지율이 친해졌다는 사실이다. 나의 노력 여부와는 상관없이 일어난 일이었다. 아니, 엄밀히 말해 지율이 한 노력이 완벽히 적중했다는 게 맞을 것 같다.

"다혜야, 생일 완전 축하해. 너한테 잘 어울릴 것 같아서 특별히 주문했어."

지율이 준비한 선물은 다혜가 평소 가지고 싶어 한 큐빅 장식 후드티였다. 지율은 검정 바탕에 반짝이는 큐빅이 꼭 다혜 너 같다며, 어디서나 빛나는 네가 되라는 말을 덧붙였다. 그때 다혜 표정을 봤어야 한다.

"고마워, 지율아!"

세상 세상, 그런 절친이 없었다. 서로 죽고 못 살 듯이 붙어 있는데, 솔직히 배신감에 치가 떨렸다. 물론 그보다 더한 기쁨이 있었지만.

두 아이는 그날 이후 합이 척척 잘 맞았다. 연습 시간에 싸우지도 않았고, 어딜 가든지 어깨동무를 하고 다녔다. 베프가 된 두 사람 덕분에 연습은 무리 없이 진행됐고, 문화제도 무사히 끝마칠 수 있었다.

공설 공연장 무대를 휘어잡던 다혜가 생각난다. 열 살답지 않은 면모에 관중석에서 연신 탄성이 터져 나왔다. 정중앙을 차지한 다혜는 그 누구보다 뜨겁게 춤을 췄다. 특히 앙코르 공연 때 보여 준 프리스타일 댄스는 눈이 부실 정도였다. 온몸이 부서져라 흔들어 대던 다혜는 바람에 흩날리는 민들레 씨앗 같았다. 가슴 가득 하늘이 차오르면 주저 없이 떠나는 민들레 말이다. 누구도 다혜를 특정한 모습으로 재단할 수 없을 것이다. 다혜는 훨훨 날아 바다 건너든, 우주든, 어디든 닿을 수 있을 테니까.

박수갈채를 받으며 무대를 내려오던 다혜. 그 애의 자신만만한 표정을 보고 있자니, 내 걱정이 쓸데없었다는 생각이 들었다. 다혜가 앞으로 잘 헤쳐 나갈 거라는 확신이 생겼다.

한편, 짧았던 여름방학이 끝나고 돌아온 학교는 변한 게 하나 없었다. 하긴 나도 바뀌지 않았는데, 뭘.

또다. 또 선생님 손에 이끌려 상담실로 왔다.

"흠, 이거 큰일이네."

선생님의 이마에 큰 주름이 잡혔다.

"미안하다, 윤서야. 선생님이 좀 더 신경 썼어야 하는 건데."

선생님은 내 성적표를 살펴보며 긴 한숨을 내쉬었다. 방학이 끝나자마자 치러진 모의고사 때문이었다. 이번에는 작전을 조금 바꾸신 듯했다. 윽박지르기만 해서는 바뀌는 게 없으니 살살 구슬려 보시려는 걸까? 아니에요, 선생님. 제가 오히려 죄송하죠. 저 때문에 주름이 깊어지셔서 어떡해요. 나는 그런 뜻으로 고개를 조아렸다.

"고3 여름방학 지났다고 끝난 거 아니야. 아직 늦지 않았어. 지금이라도 공부에 박차를 가해 보는 게 어떠니?"

잔소리로만 들렸던 선생님의 조언이 이제는 다르게 들린다. 진심이라는 걸 의심하지 않게 됐다. 내가 다혜에게 했던 숱한 조언들이 잔소리가 아니었던 것처럼, 선생님도 내가 걱정되어 이런 말들을 해 주시는 걸 테다. 고마운 일이지.

"선생님, 너무 걱정하지 마세요."

"정말? 맘 잡고 공부해 보려고?"

"글쎄요, 그건 좀."

나는 황당하다는 듯 나를 바라보는 선생님에게 애교 섞인 미소를 날렸다.

"선생님, 죄송해요. 오늘 급한 일이 있어서 먼저 일어날게요."

기가 찼는지 선생님은 말을 잇지 못했다. 그래도 뭐 어쩔 거야. 나는 연신 고개를 숙이며 조심스럽게 뒷걸음질을 쳐 상담실을 빠져나왔다. 선생님에게는 죄송하지만, 진짜로 중요한 일이 있단 말이다.

아, 마지막으로 드릴 말씀이 있었는데 깜빡했다. 나는 빼꼼 문을 열고 고개를 들이밀었다.

"저어, 선생님."

선생님의 날카로운 시선이 날아와 꽂혔다.

"뭐. 또 왜. 바쁘다며."

자기 마음 몰라준다는 듯 다소 토라진 선생님의 반응에도 나는 아랑곳하지 않고 준비한 말을 꺼냈다.

"흔들리지 않고 피는 꽃이 어디 있으랴."

선생님이 눈살을 찌푸렸다. 무슨 뚱딴지같은 소리냐는 거겠지.

"선생님이 수업 시간에 가르쳐 주셨잖아요. 흔들리는 것처럼 보여도 꿋꿋이 뿌리 내려갈 거예요. 그럼."

할 말을 마치고 나자 마음의 무게가 한결 가벼워졌다. 나는 경쾌한 발걸음으로 동아리실로 향했다. 오늘의 중요 일과. 바로 동아리 활동이다.

"얘들아, 안녕!"

문을 열고 들어가자, 몸을 풀던 후배들이 인사를 건넸다. 선배님, 안녕하세요! 그래, 그래, 반가워. 나는 한 명 한 명 눈을 맞추며 인사한 뒤, 양손 가득 준비해 온 음료수를 바닥에 내려놓았다. 선배님 최고라며 후배들이 엄지를 치켜들고 환호해 주었다. 이 맛에 사는 거지. 나는 훌훌 몸을 풀었다. 방학 동안 푹 쉬다 와서인지 어느 때보다 몸이 가벼웠다.

누가 보면 그럴지 모르겠다. 고3이 공부는 안 하고 웬 춤이냐고. 그래서 뭐가 되려 하냐고. 그러게, 나도 잘 모르겠다. 내가 뭐가 될지. 한 가지 확실한 건, 나는 잘 해낼 수 있다는 거다. 그렇게 믿기로 했다. 종종 불안하겠지만 지금 내가 할 수 있는 일에 집중하기. 그게 내가 할 수 있는 최선이다. 다혜가 그랬던 것처럼.

공부? 할 거다. 할 건데, 남들처럼 공부에만 미친 듯이 열중하기란 쉽지 않다. 그게 나다. 대신 내겐 다른 게 있다. 그게 뭐냐고? 일단은 춤이다. 춤을 추다 보면 뭔가 답이 나오겠지. 지금 가장 나를 두근거리게 하는 건 춤이니까.

후배가 오늘은 뭘 출 건지 묻는다. 글쎄, 어떤 장르를 선택할까. 락킹, 왁킹, 힙합, 하우스, 올드스쿨, 뉴스쿨, 케이팝 댄스까지. 다양한 장르가 있지만 끌리는 건 하나다. 프리스타일. 나에게 가장 잘 맞는 춤.

후배에게 아무 음악이나 틀어달라 해 놓고 몸을 풀고 있는데, 문이 벌컥 열렸다.

"야, 장윤서. 공부 안 하고 또 여기서 뭐 하냐!"

제혁이 나타났다. 그러는 넌 공부 안 하냐고 핀잔을 쳤더니 자기는 공부 스트레스 푸는 거라며 옆에 앉아 리코더를 삑삑 불기 시작했다. 시끄럽다고 뺏으려다가 그래, 불어라, 하고 그냥 뒀다. 대신 신발 끈을 꽉 잡아 묶고 제혁의 리코더 소리에 맞추어 두둠

첫 리듬을 탔다. 원 투, 원 투 쓰리, 원 투 쓰리 포, 무브, 무브. 자연스럽게 흘러가는 그루브에 내 몸이 흔들린다. 그러고 보면 흔들리며 피던 꽃은 사실 춤을 추고 있던 게 아닐까. 춤과 흔듦은 종이 한 장 차이니까. 춤을 추며 피는 꽃. 어쩐지 마음에 든다.

오늘도 프리스타일, 내 멋대로 흔들리겠다.

☁ '나의 삶'에 내가 조연인 것처럼 느껴지는 청소년들에게 하고 싶은 말이 있다면, 어떤 이야기를 해 주고 싶으신가요?

이재문 "여러분만 그런 게 아니다"라고 말해 주고 싶습니다. 자기 인생에서 주인공으로 살아가는 사람은 생각보다 많지 않은 것 같아요. 왜냐고요? 세상을 돌아보면 나 빼고 다 잘 사는 것처럼 보이거든요. 예를 들어, 어떤 SNS에서도 불행해 보이는 삶은 없습니다. 거기에는 찬란하게 빛나는 주인공들로만 도배되어 있으니까요. 반면 나는 내 삶을 잘 알고 있잖아요. 얼마나 초라하고 지루하고 보잘것없는지 말이에요.

하지만 팩트는, 그게 진짜 인생이라는 거예요. 우리는 편집된 삶의 한 조각만을 보고 그 화려함에 열광하지만, 실제로 인생은 외롭고 지루한 시간이 더 많아요. 멋진 삶을 염원하다가 소원이 정말로 이루어진들, 결국은 똑같이 심심해질 거예요. 여기서 우리는 한 가지 의문에 당면하게 됩니다.

"그럼 어떻게 하면 내 삶의 주인공으로 살 수 있을까?"

제가 찾은 답은 "남과 나를 비교하지 말자"는 거예요. 내 삶을 누군가의 발밑에 두어선 안 돼요. 그러려면 물질이나 외모만으로는 측정할 수 없는 나의 고유한 가치를 찾아야 해요. 다른 사람에게는 없는, 나만의 반짝이는 부분 말이에요. 나에겐 없을 거란 말은 하지 말아요. 모든 사람은 빛나는 조각을 가지고 있습니다. 아직 발견하지 못했을 뿐이죠.

그다음으로 할 일은 그것을 끊임없이 닦는 거예요. 언제까지? 내 마음에 들 때까지. 남들의 시선은 신경 쓰지 말아요.

그게 바로 소설 속 주인공 같은 삶이에요. 남이 알아주지 않아도 자신의 고유한 가치를 믿고, 끝까지 갈고닦는 인물을 보세요. 매력적이지 않나요? 주인공이란 그런 거예요.

여러분도 그걸 할 수 있어요. 그리하여 마침내 가슴 벅찬 주연으로 살아갈 수 있을 거예요.

☁ 다문화 가정 이야기를 윤서와 다혜의 대화와 행동을 통해 자연스럽게 소설에 풀어낸 부분이 인상 깊었습니다. 다문화 가정 문제에 관심을 가지고 소설에 녹여 내게 된 계기가 있으신가요?

다문화 가정 문제에 관심을 가졌다기보다는, 학교 현장에 있다 보니 자연스럽게 우리 사회의 변화를 체감했다고 보는 게 맞을 것 같아요.

우리는 어떤 단어를 듣게 되면 긍정적이든 부정적이든, 어떤 특정한 이미지를 떠올리게 됩니다. 그게 바로 '편견'이 되죠. '다문화 가정'도 마찬가지입니다. 여러분은 이 단어를 들으면 어떤 이미지가 떠오르나요? 왕따를 당하거나 친구들로부터 소외당하는 이미지를 떠올린다면, 그건 주변에 다문화 배경 친구가 없어서 생긴 편견일 거예요.

제가 속해 있는 학교에서는 다문화 가정의 다양한 모습을 찾아볼 수 있어요. 어머니가 동남아시아 국가 사람이지만 외모적으로 전혀 티 나지 않는 아이도 있고요, 독특한 특기가 있어서 주변으로부터 부러움을 사는 아이도 있습니다. 공부를 잘하는 친구나 학생회장인 친구도 있어요. 그 애들이 인기가 많음은 두말할 것도 없죠.

말로는 '개성시대'라 하지만, 우리는 아직 남의 시선을 많이 의식하고 있는 듯해요. 내가 그저 '나'인 것이 아닌, 남에게 보여지기 위한 나로 살 때가 더 많지 않나요? 그런 점에서 이제는 진정한 개성시대, 즉 '개인의 고유한 특성을 온전히 드러낼 수 있는 사회'로 변하면 좋겠습니다. 다문화 가정이든 아니든, 유목화하지 말고 그들을 한 사람으로서 바라봐 준다면 편견과 차별은 발붙이지 못하리라 믿습니다. 아이들 사이에서는 이미 그러한 싹이 피어나고 있고요.

☁ 최근 작가님의 근황 중 인상 깊었던 일과 앞으로의 계획에 대해 알려 주세요.

앞에서도 얘기했듯 인생은 사실 지루한 일상이 대부분을 차지하고 있는 것 같아요. 흥분되는 순간들로 가득하면 얼마나 좋겠냐만, 그렇게 살다간 단명할지도 몰라요(생각하기도 싫네요).

그렇기에 저는 지극히 평범하고 반복되는 나날을 보내고 있음을 감히 자랑합니다. 이 얼마나 아름다운 인생인지요. 어릴 때만 하더라도 매일이 설렘과 흥분으로 가득하길 바랐는데, 이제는 '어제와 똑같은 오늘'이 얼마나 감사한 일인지 잘 알고 있습니다.

말이 길어졌는데, 요약하자면 '별일 없이 산다'는 말이었습니다. 밥 잘 먹고, 글 열심히 쓰고, 재밌는 책도 읽으며 제 삶을 윤기나게 닦아 나가고 있습니다.

앞으로의 계획은 이런 삶을 '무한 반복'하는 겁니다. (웃음) 욕심을 좀 보태자면, 작품을 꾸준히 발표하는 작가가 되고 싶습니다. 소위 '롱런'이라는 걸 해 보고 싶어요. 올해 초에 동화책이 새로 나왔고, 하반기에도 출간 예정입니다. 아무쪼록 아무 일 없이 진행되길 두 손 모아 기도합니다. 청소년 장편소설도 선보일 수 있을 것 같은데, 무지 뿌듯합니다.

마지막으로, 부탁드리고 싶은 게 있습니다. 저는 앞으로도 계속해서 쓸 테니, 여러분은 부디 재밌게 읽어 주세요. (제발!)

마지막 이름

이현 장

이
회
영

단편소설 「사람이 살고 있습니다」로 2013년 제1회 김승옥문학상 신인상 대상을 수상하며 본격적인 작품 활동을 시작했다. 2018년 『페인트』로 제12회 창비청소년문학상을, 같은 해에 『너는 누구니』로 제1회 브릿G 로맨스스릴러 공모전 대상을 수상했다. 그밖에 지은 책으로 장편소설 『보통의 노을』『테스터』『챌린지 블루』『썸머썸머 베케이션』『나나』 등이 있다.

"다짜고짜 무화과라 하잖아. 그럼 내가 먹는 무화과라 생각하지, 다른 무화과를 생각하겠어? 아들이 무화과를 한 아름 따 올 거라 해서, 성빈이가 무화과를 사 오나? 그렇게 믿었다고. 설마 그 무화과가 그런 의미의 무화과란 걸 어떻게 눈치채겠어? 말을 해 주시려거든 똑바로 하시든가. 갑자기 연락해서 무화과, 무화과 하면서 한참을 혼자 떠드시기에 우리 이모가 무화과를 드시고 싶은가? 이렇게 생각했단 말이야."

엄마의 입에서는 쉴새 없이 '무화과'라는 단어가 쏟아져 나왔다. 가만히 듣고 있자니 눈앞에 무화과가 둥둥 떠다니는 기분이었다.

"진짜 이모님이 보통 분이 아니라니까. 아! 생각해 보니 무화과 맞네. 꽃 없이 바로 열매를 맺는 게 무화과잖아. 성빈이가 무화과를 한 아름 따 온다는 건⋯⋯."

아빠마저 무화과를 반복하는 바람에 입에서 무화과 맛이 나는
것 같았다. 언제 마지막으로 먹었는지 기억도 안 나지만.

"엄마, 무화과가 여성에게 그렇게 좋은 과일이래. 그 뜻은 다시
말해 만약 오빠가⋯⋯."

"너 조용히 안 해!"

빽 내지른 엄마의 고함에 아빠가 눈썹을 움찔거렸다. 괜한 소
리 하지 말라는 뜻이었다.

"박성하, 솔직하게 말해. 너는 이미 알고 있었지? 네 오빠랑 지
혜공방⋯⋯."

"어? 나? 뭐, 아니, 왜 갑자기⋯⋯."

나는 말을 더듬으며 아빠를 쳐다봤다. 뭐라고 말해야 돼? 소리
없는 질문에 아빠는 그 즉시 허공으로 눈을 돌렸다. 네가 알아서
하라는 뜻이었다.

"네가 모를 리 없어. 너랑 노을이 주말마다 붙어 다녔잖아. 게다
가, 너 툭하면 오빵, 오빵 거리면서 성빈이랑 단둘이 속닥거렸잖
아."

"어머! 깜빡했다. 오늘 2시에 중요한 약속 있는데. 엄마, 나 늦
었어."

벌떡 자리를 박차고 일어나는데 아빠가 말했다.

"성하야, 지금 12시야. 너 다른 지역에서 약속 잡았니. 뭘 그리

서둘러?"

나는 어금니를 꽉 물며 빙긋이 웃었다.

"늦는 것보다 미리미리 도착하는 게 좋겠죠, 아빠?"

그리고는 엄마를 향해 입을 열었다.

"노을이는 주방 담당이잖아. 나보다 주방장님이랑 더 많은 이야기를 나누지 않았을까?"

선제공격을 시도한 사람은 분명 아빠였다. 당황한 주방장님을 뒤로 한 채 나는 현관을 벗어났다. 등 뒤에서 들려오는 엄마의 외침은 언제나처럼 모른 척했다.

밖으로 나오자 시린 바람이 주위를 맴돌았다. 싸늘한 날씨가 오히려 반가웠다. 답답했던 가슴이 조금은 풀리는 듯했으니까.

무화과도 엄연히 꽃이 핀다. 다만 겉으로 보이지 않을 뿐이다. 하지만 '無花果'라는 이름을 그대로 해석하면 '꽃도 피우지 않은 채 열매를 맺는 과일'이 된다. 그 잘난 이름 때문에 무화과꽃은 얼마나 억울할까. 그나저나 혼자 노을이를 키운 지혜 아줌마는 진짜 무화과일까? 뭐, 그럴지도 모르겠다. 무화과가 얼마나 몸에 좋은데? 물론, 어디까지나 내 생각이지만. 박성빈이란 남자를 아들로 둔 엄마에겐 무화과에 어떤 이로운 성분이 있는지는 전혀 중요치 않을 것이다. 적어도 당분간은 말이다.

그 순간 주머니 속에서 진동이 울렸다. 휴대폰을 꺼내자 화면에 낯익은 이름이 깜빡거렸다.

"너도 양반은 못 되겠다."

하긴 이 녀석만큼 우리 집에 관심이 충만한 사람도 없을 테지. 나는 손가락으로 화면을 그어 전화를 받았다. 귓가에 익숙한 목소리가 날아들었다.

"박성하, 너 어디야?"

나는 반쯤 멍한 얼굴로 하늘을 올려다보았다. 그리고는 소리 없이 읊조렸다.

'나? 너무나도 억울한 이름을 가진 무화과 따러 간다.'

할머니의 친동생이며, 엄마에게는 이모이자 나에게는 이모할머니가 되시는 분은 특별한 능력이 있다. 내가 뒤늦게 엄마 아빠에게 찾아온 날, 이모할머니는 엄마의 배 속에 꽃씨가 자란다고 했단다. 아빠와 엄마가 중국집을 계약할 때도, 할머니는 쯧쯧 혀를 차며 말했다. 가게는 불같이 일어나겠지만, 그 불에 큰 화를 입을 것이라고. 사람들이 말하는 '신기'가 있는 할머니는 이번에도 엄마에게 전화를 걸어, 때아닌 무화과 타령을 했다.

하지만 누군가 대놓고 사주를 물어보면 이모할머니는 그 즉시 입을 닫았다. 그러다 문득 생각난 듯 한마디씩 툭툭 던지는데, 그게 또 기가 막히게 미래를 내다본다는 것이다. 무엇이 할머니를 노스트라다무스로 만드는지는 오직 할머니 본인만이 알 수 있겠지. 오빠가 무화과를 한 아름 따 온다니. 나 같이 평범한 사람은 그 의미가 긍정적인 건지 부정적인 건지조차 모르겠다.

"아줌마 더는 별말 없으셔?"

노을이 운동화 끝으로 땅을 파며 말했다. 녀석이 나를 끌고 온 곳은 오래된 놀이터다. 전에 여기서 오빠랑 커피를 마셨다나? 웬만해서는 먼저 연락 안 하는 놈이 여기까지 불러낸 이유는 단 하나밖에 없다. 우리 집이 조용하니까 오히려 불안한 것이다. 엄마가 두 사람의 관계를 알게 된 지 벌써 열흘이 지났다. 그 사이 우리 엄마가 지혜공방에 쳐들어갈 거라고 생각했겠지, 뭐. 솔직히 처음에는 진짜 그럴 기세였다. 부모로서 애지중지 키운 아들이 미혼모를 사랑한다고 했을 때, "어? 그렇구나" 하고 부처님같은 자비와 포용력을 내보이기는 힘들 테니까. 더욱이 그 미혼모가 열일곱 살에 낳아 키운 아들이, 막둥이 딸의 절친이라면…….

생각할수록 저절로 한숨이 나왔다. 이게 무슨 아침드라마의 한 장면 같은 일이란 말인가?

"없어."

"정말?"

노을의 눈이 커졌다. 저 의심 가득한 눈초리가 무엇을 뜻하는지 모르는 건 아니다. 사실 엄마가 조용한 이유는 따로 있다. 모두 이모할머니 덕분이다. 반대하고 막아설수록 N극과 S극처럼 둘은 서로를 끌어당길 거라나? 사실 그 정도는 신통한 능력 없이도 누구나 예측 가능하다. 로미오와 줄리엣이 왜 비극을 맞이했는데.

바로 두 가문의 반대 때문이다. 만약 로미오와 줄리엣이 처음 만난 날 맞선부터 봤다면, 분명 이야기는 달라졌겠지.

"응, 정말. 적어도 우리 이모할머니가 어떤 지시를 내리기 전까지 우리 엄마는 절대 움직이지 않을 거야. 걱정하지 마."

"이모할머니?"

노을이 두 눈을 느리게 끔뻑였다. 나는 최대한 간단명료하게 할머니의 능력에 대해 브리핑했다. 물론 오빠가 무화과를 한 아름 따 올 거란 이야기는 하지 않았다. 노을이 들으면 자칫 오해할 수도 있을 테니까.

설명이 끝나기 무섭게 녀석이 소리쳤다.

"그렇게 신기가 있는 분이야? 대단한데? 그럼 너 어디 대학 갈 수 있는지, 아니, 대학은 갈 수나 있는지 한번 물어보지 그래?"

"이모할머니에게 물어보지 않아도, 한 가지는 확실해."

"뭐?"

"내가 대학 가기 전에 넌 내 손에 죽는다는 거야."

나는 팔꿈치를 세워 녀석의 옆구리를 가격했다. 그 즉시 익숙한 "컥!" 소리가 들려왔다. 언제 들어도 맑고 고운 소리다.

"두고 봐, 박성하. 네 결혼식 날 하객들이랑 네 남편 오해할 정도로 식장이 떠나가라 울 테니까."

"고모 결혼식에 어린 조카가 울어 봤자지."

"누가 고모라는 거야?!"

사실 잘 모르겠다. 지혜 아줌마, 그러니까 이 녀석의 엄마가 진짜 우리 오빠와 결혼하게 될지, 어떨지. 내가 이 자식의 진짜 고모가 될지, 어떨지 말이다.

"와! 내가 전생에 나라를 팔아먹었나 보다. 너랑 이렇게 엉망으로 엮이는 걸 보니까."

"야, 누가 할 소리? 너랑 현생 엮이는 것도 골치 아픈데. 전생까지⋯⋯."

그 순간 한 가지 기억이 머릿속을 스쳐 지나갔다. 기억도 희미한 오래전 어느 날이 의식이라는 수면 위로 봉긋이 떠올랐다.

"최노을, 너는 전생 믿냐?"

"뭐야, 갑자기."

그러게 말이다. 갑자기 왜 그 이야기가 지금 떠올랐을까? 그것도 아주 선명하게⋯⋯.

그날은 일요일이었다. 친구와 점심을 먹고 왔더니 이모할머니가 집에 와 계셨다. 아직 꽃샘추위가 남아 있는 3월이었다. 베란다 창으로 들어온 햇살이 가만히 할머니를 비추고 있었다. 그 모습이 꿈결처럼 몽롱하게 느껴졌다.

"연락할 필요 없어. 네 엄마, 나 와 있는 거 이미 알고 있으니까. 이리 올래?"

일요일은 짜장짬뽕집이 가장 바쁜 날이다. 그걸 모르고 오셨을리 없을 텐데, 라고 생각하며 나는 할머니에게로 다가가 앉았다.
작고 주름진 손이 가만히 내 머리를 쓰다듬었다.

"우리 성하, 벌써 6학년이 됐구나. 오늘은 이 할미가 너를 만나
러 왔다."

"저를요?"

나를 왜 만나러 오셨을까? 제일 먼저 든 생각은 '내가 무슨 잘
못을 저질렀나' 하는 것이었다. 그렇지만 사한에서 차로 3시간은
달려야 도착하는 곳에 사시는 분이다. 1년에 고작해야 한두 번 뵙
는 할머니에게 딱히 잘못한 일은 없겠지. 하지만 나도 모르게 꼴
깍, 마른침을 삼켰다. 그때나 지금이나 어른들의 용무는 썩 달갑
지 않았으니까.

"그냥 우리 성하한테 옛날이야기나 해 주려고."

저절로 고개가 갸웃거려졌다. 단순히 옛날이야기를 해 주시려
고 사한까지 오셨다니? 할머니가 무척 심심하셨나 보다. 이런 생
각을 잠깐 한 후, 나는 얌전히 고개를 끄덕였다. 어쩐지 그래야 할
것 같았다. 할머니가 말한 그 옛날이야기가 뭔지 은근히 궁금하
기도 했다.

주름지고 움푹 파인 두 눈이 거실의 화초에 닿았다. 수분을 머
금은 잎들이 햇살 속에서 반짝였다.

"옛날에, 아주 먼 옛날에는 말이다. 자동차도 빌딩도 전화기도
없던 아주 먼 옛날에는, 인간도 숲의 일부였다."

"숲이요?"

"지금보다 훨씬 새소리, 물소리에 귀가 밝았지. 인간이 아닌 것
들과도 그럭저럭 잘 지내던 때였다."

내가 "네"라고 대답했다. 할머니가 빙긋이 웃었다.

"아주 먼 옛날에 송화라는 아이가 살았다."

"송화?"

"늑대를 사랑한 아이다."

"늑대요?"

할머니는 봄 햇살처럼 포근한 목소리로 이야기를 시작했다.

산에 호랑이와 늑대, 곰과 여우가 살던 시절이었다. 먼 골짜기
에서는 호랑이의 포효가, 만월의 밤이 되면 늑대의 울음소리가
들려오고는 했다.

"산짐승이랑 뱀 조심. 무엇보다 사람 조심."

산에 나물과 버섯을 따러 가는 송화에게 어머니는 늘 똑같은
말을 했다. 그때마다 송화는 싱긋이 웃었다. 어머니는 모를 것이
다. 송화가 버섯을 따기 위해 점점 더 깊은 산으로 들어간다는 사
실을……

"걱정하지 마세요."

송화가 짚으로 엮은 망태기를 메고 사립문을 나섰다. 숲은 셈
이 서툴고 욕심이 없었다. 자기가 받는 것은 없으면서 늘 주기만

했다. 그러니 사람도 절대 숲의 것을 함부로 탐해서는 안 되었다. 딱 필요한 만큼만 얻고 늘 숲의 너그러움에 감사해야 했다.

산에 조금만 올라가도 천지가 먹을 것 투성이였다. 산달래는 된장에 무쳐 먹으면 톡 쏘는 맛이 일품이다. 곤달비는 쌈으로 먹으면, 달아난 입맛을 잡아 주고, 소화에 좋은 누룩치는 장아찌를 해 먹는다. 하지만 어린잎과 뿌리에는 독성이 있기에 주의해야 한다. 송화는 조심조심 누룩치를 캤다.

조금 더 깊숙이 들어가면 버섯을 딸 수 있었다. 썩은 나무 옹이에는 노란난버섯과 표고가 자랐다. 송화가 다람쥐처럼 빠르게 산을 탔다.

"찾았다."

기억은 정확했다. 썩은 나무 옹이에 노랗게 버섯꽃이 피어 있었다. 숲에게 완전한 죽음은 없었다. 나무는 썩은 몸으로도 버섯을 키웠다. 낙엽은 거름이 되어 새싹으로 돋아났다. 숲의 시간은 인간의 삶과 달랐다. 일직선으로 곧게 흐르지 않았다. 둥글게 돌아, 처음 자리로 되돌아왔다.

"예쁘기도 하지."

송화는 정신없이 버섯을 땄다. 시간이 얼마나 흘렀을까. 등 뒤에서 바스락 소리가 들려왔다. 동시에 망태기로 향하던 송화의 손도 멈췄다.

천천히 고개를 돌린 곳에는 늑대 한 마리가 서 있었다. 온몸이 새하얀 은빛 털로 뒤덮인 녀석은 개와는 비교할 수 없을 만큼 컸다. 송화는 그 자리에 털썩 주저앉았다. 얼마나 열심히 버섯을 땄으면, 늑대가 오는 소리도 듣지 못했을까? 그러나 후회하기엔 너무 늦어 버렸다. 샘물처럼 파란 눈을 가진 늑대가 잠시 두 귀를 쫑긋하더니 이내 허공으로 튀어 올랐다.

'나는 여기서 늑대 밥이 되어 죽는구나.'

송화가 두 눈을 질끈 감았다. 목덜미에 무시무시한 송곳니가 박힐 줄 알았다. 그런데 사위가 조용했다. 비강 가득 진한 버섯 향이 들어찼다.

감았던 눈을 뜨자 코앞에 늑대가 있었다. 송화는 너무 놀라 온몸이 굳었다. 가는 목울대를 울리며 마른침이 넘어갔다. 샘물 같은 파란 눈이 제 발밑을 쳐다봤다. 송화의 시선도 녀석을 따랐다. 늑대의 발아래에는 뱀 한 마리가 죽어 있었다. 삼각형 머리 모양으로 보아 독사임이 틀림없었다.

"나 살려 준 거야?"

송화가 까만 눈을 동그랗게 떴다. 그 순간, 멀리서 울음소리가 들려왔다. 은빛 늑대를 부르는 것 같았다. 녀석이 먼 산을 바라보다 송화와 눈을 맞췄다.

"조심해."

소리는 귀가 아닌 가슴으로 전해졌다. 은빛 늑대가 제 무리에게 화답하고는 훌쩍 산을 뛰어넘었다. 꿈이 아니라는 듯 송화의 발치에는 늑대에게 짓눌린 독사가 있었다. 송화는 서둘러 자리를 털고 일어났다.

'정말 나를 살려준 것일까?'

반쯤 넋이 빠진 상태로 산에서 내려온 송화가 터덜터덜 마당에 들어섰다.

"한 번 산에 들어가면 도통 내려올 생각을 안 하던 녀석이 오늘은 어찌 이리 일찍 왔어? 산새가 집에 가 보라고 하디?"

어머니가 젖은 손을 앞치마에 닦으며 말했다.

"무슨 소리예요?"

"네 오라비 왔다. 산새가 말 안 해 주더냐고?"

송화의 시선이 댓돌에 놓인 가죽신에 닿았다. 그 순간 방문이 열리며 낯익은 얼굴이 송화를 향해 환하게 웃었다.

"이 녀석, 안 본 사이에 또 훌쩍 자랐구나."

방에서 태산처럼 커다란 몸이 불쑥 나왔다.

"오라버니!"

송화가 망태기를 집어 던지며 오라버니에게 달려갔다. 나무 위에서 까마귀가 울었다.

"왜 까치가 아니라 까마귀야. 이 시커먼 녀석아, 썩 저리 안가냐?"

어머니가 휘이휘이 새를 내몰았다. 까마귀가 푸드덕 날갯짓하며 날아올랐다.

오라버니가 왔을 뿐인데 갑자기 방 안이 좁아졌다. 바닥에 놓인 것들을 보며 송화가 어색한 웃음을 지었다.

"왜, 마음에 안 드냐?"

"아…… 아니, 예뻐. 너무 예뻐서 할 말을 잊었네."

송화가 냉큼 옥색 노리개와 붉은 댕기를 집어 들었다.

"너는 네 누이를 그리 모르냐? 만날 고삐 풀린 망아지처럼 이산 저 산 뛰어다니잖아. 옷에 풀물이나 잔뜩 묻혀 오는데 이 고운 것들을 해 봤자 누구에게 보여 주라고?"

어머니의 말은 틀리지 않았다. 송화는 옥색 노리개도 붉은 댕기도 필요치 않았다. 노리개 따위 거추장스럽기만 했다. 금실로 수놓은 비단 댕기든 검은 무명 댕기든 머리 묶는 데는 별 차이가 없었다. 하지만 오라버니가 애써 사 온 선물이었다. 절대 실망 시킬 수 없었다.

어머니가 송화를 곁눈질하고는 입을 열었다.

"저 아래 감골 최 씨네 있잖으냐? 손바닥만 한 밭뙈기도 있고, 얼마 전에 그 집 암퇘지가 새끼를 열 마리나 낳았다더라. 최 씨네 큰딸이 너보다 한 해 늦게 태……."

"저 며칠 후에 범호산에 들어갑니다. 아시잖아요, 한 번 들어가면 언제 올지 몰라요."

오라버니가 말을 멈추고 엷게 웃었다.

"살아 돌아올지 어떨지 알 수도 없……."

말이 채 끝나기도 전에 어머니의 손이 커다란 등을 내리쳤다.

"이놈이 뚫린 입이라고 어디 함부로 놀려? 에미 앞에서 그게 할 소리냐? 응? 그래, 오냐. 이왕 이렇게 된 거, 집에 온 김에 네 에미 손에 먼저 죽어 봐라."

소매를 걷어붙이는 어머니를 송화가 성급히 막아섰다.

"그만해요. 그래 봤자 어머니 손만 아프지."

"어휴, 저놈 실실 웃는 거 봐라. 저 속없는 놈을 누구한테 장가 보내. 어느 집 처자 인생 망치려고. 됐다, 이놈아."

어머니가 벌떡 일어나 방문을 열어젖혔다. 송화가 오라버니를 향해 살짝 눈을 흘겼다. 꼭 그런 말을 해야 했냐는 책망이 담겨 있었다.

"어머니도 잘 아시네. 어느 집 처자 인생 망치려고."

오라버니가 키득키득 웃었다. 저런 모습은 영락없는 철부지 동생 같았다.

"고단할 텐데 쉬어."

자리를 털어 내던 송화가 조심히 입을 열었다.

"있잖아, 오라버니."

"……."

"혹시 산에서 늑대도 봤어?"

숲은 하루하루가 새로웠다. 매일같이 오르내리던 길에 처음 보는 들꽃이 피었다. 가시넝쿨 사이로 산딸기가 고개를 내밀었다. 어미를 따라 새끼 다람쥐들이 나무를 탔다. 한겨울에도 눈꽃을 피우는, 숲은 거대한 생명의 군집이었다.

그 속에 은빛 털의 늑대가 살고 있었다. 무리와 떨어졌을까? 아니면 우두머리일까? 노란난버섯이 피는 곳에서 송화는 녀석과 재회했다.

"나 기다렸어?"

송화가 물었다.

"나 만나러 왔어?"

바람을 타고 진한 흙냄새가 전해졌다. 샘물처럼 파란 눈, 우물에 비친 달빛을 닮은 털, 날렵하고 강인한 몸. 보면 볼수록 매혹적이고 아름다운 녀석이었다.

어머니는 송화가 산에서 늑대를 만날까 걱정했다. 그러나 정작 송화는 늑대 덕분에 든든했다. 버섯을 딸 때도, 산나물과 약초를 캘 때도 녀석은 멀찍이 떨어져 송화를 지켜보았다. 가끔은 따라오라는 눈빛을 남긴 채 앞장서기도 했다. 은빛 늑대가 향한 곳으로 조심히 걸음을 옮겨 보면 그곳에는 머루와 산딸기, 버섯과 두릅이 가득했다.

"왜 여길 몰랐지?"

"숲이 보여주지 않았으니까."

"버섯 조금만 딸게."

"그러라고 알려준 거야. 숲이 허락했어."

순간 산봉우리에서 긴 울음소리가 들려왔다. 은빛 늑대가 송곳니를 드러내며 으르렁거렸다. 사납고 무서운 모습에 송화가 놀라 몸을 떨었다.
"산딸기는 따지 마?"
송화의 손이 허공에서 멈칫했다.

"너 때문이 아니야."

바람이 불어와 송화의 시야를 가렸다. 눈을 떴을 때 늑대는 이미 사라지고 없었다. 소나무 우듬지에서 까마귀가 울었다. 어쩐지 예감이 좋지 않았다. 송화는 집을 향해 달음박질쳤다. 망태기 속에서 버섯이 이리저리 요동쳤다.
"아무리 큰 개라도, 어미까지 물어 죽일 수는 없지."

"그럼 정말 범이 내려왔다고?"

최 씨 아저씨의 새끼 돼지들이 사라졌다. 어미는 목을 물어뜯긴 채 죽어 있었다. 간밤에 일어난 일이었다. 돼지우리에 산짐승 발자국이 어지럽게 찍혀 있었다.

"발자국이 작아요. 늑대입니다. 호랑이라면 새끼가 아닌 어미를 물고 갔을 겁니다."

오라버니가 말했다. 텅 빈 우리를 보던 아버지와 어머니의 시선이 오라버니에게로 돌아섰다.

"한 마리가 아닙니다. 무리 지어 내려왔어요."

눈앞에 은빛 늑대의 잔상이 스쳐 지나갔다. 섬뜩한 송곳니를 드러낸 이유가 이것일까? 녀석은 분명 아닐 것이다.

"아이고, 떼 지어 왔다면 더 문제네."

어머니가 불안한 눈빛으로 마당에서 종종거리는 암탉과 병아리를 바라보았다.

"한겨울도 아니고, 늑대 무리가 왜 마을까지 내려왔을까?"

아버지의 표정이 어두웠다.

"우두머리를 따라 내려왔을 겁니다. 그놈을 잡으면 돼요."

송화가 황급히 고개를 내저었다.

"아니야!"

송화가 자신도 모르게 소리쳤다. 오라버니의 두 눈에 차가운 빛이 스쳐 지났다.

"네가 어떻게 알아? 너⋯⋯ 산에서 뭘 본 거야."

그는 더 이상 송화의 친절했던 오라버니가 아니었다. 깊은 산을 돌아다니며 호랑이를 잡는 범 사냥꾼이었다. 송화는 뒤돌아 사립문을 뛰쳐나갔다. 오라버니에게 늑대에 대해 물어보지 말 것을. 댓돌 위에 놓인 가죽신이 떠올랐다. 어떤 짐승의 가죽인지는 굳이 생각하고 싶지 않았다.

노란난버섯이 피는 숲을 찾아갔다. 산딸기와 머루가 가득한 골짜기로 걸음을 옮겼다. 그러나 한참을 기다려도 은빛 늑대는 오지 않았다. 송화는 조심히 나무 그루터기에 주저앉았다.

"네가 그런 거 아니지?"

들꽃이 무릎까지 자라 있었다. 인적이 드문 곳이었다. 송화가 가만가만 여린 잎을 쓸어 주었다. 산마루에서 불어온 바람이 귀밑머리를 간질였다.

"너는 아닐 거야."

"나는 아니야."

송화의 시선이 천천히 돌아갔다. 그곳에 은빛 늑대가 있었다. 울창한 나무 그늘 속에서도 하얗게 빛나는 녀석이었다. 송화가 몸을 일으켜 청옥색 두 눈을 마주했다.

"최 씨 아저씨가 화가 많이 나셨어. 어쩌면 사람들이⋯⋯ 몰려

올 거야."

　송화는 그 속에 제 오라버니가 있고, 맨 선두에 설 거라는 말은 차마 하지 못했다.

　"산에 먹이가 없는 거야?"

　송화가 조심히 물었다.

　"형제들이 재미로 그런 거야."

　"왜 재미로……."

　"인간들처럼."

　나무가 우수수 몸을 떨었다. 송화가 치맛단을 꽉 움켜잡았다. 늑대가 마을로 내려오는 건 큰일이면서, 정작 사람들은 아무 거리낌 없이 숲으로 들어왔다. 어머니는 어린 딸에게 산에 갈 때마다 조심하라고 했다. 그러나 송화가 산을 오를 때면 재바르게 몸을 숨기는 생명들이 있었다. 그들에게 송화는 뱀과 늑대보다 몇 배나 더 위험한 존재였을 것이다.

　"형제들과 더 깊은 곳으로 들어가."

　푸른 눈이 가만히 송화를 바라보았다.

"더 깊이 어디로."

은빛 늑대는 곧 몸을 돌려 산을 올랐다. 하얗게 빛나는 털과 선명한 푸른 눈이 어쩐지 불안했다. 그때가 송화가 살아 있는 은빛 늑대를 마지막으로 본 때였다.

아무도 믿지 않았다. 송화와 늑대 사이에 어떤 이야기들이 오갔는지. 그들은 언어가 인간 사이에서만 통용된다 믿었다. 다른 생명과 소통하는 일, 언어 그 이상의 언어를 아는 사람은 없었다.

"왜 하필 은빛 늑대를 죽였어요?"

내가 물었다.

"너무 눈에 띄니까. 그리고 늑대니까."

할머니가 대답하고는 나직이 덧붙였다.

"같은 늑대들 사이에서도 그 녀석은 겉돌았어. 원래 그런 법이다. 자신들과 조금만 달라도 밀어내려 하지. 인간이나 늑대나……."

할머니의 목소리가 힘없이 풀어졌다. 이상한 일이었다. 투명한 손이 심장을 움켜잡은 듯 마음이 아팠다. 제 오빠 손에 죽은 은빛 늑대를 송화는 어떻게 바라봤을까?

"이야기는 끝났어요?"

문득 수업 시간에 배운 비극 서사가 떠올랐다. 단순한 슬픔이 아닌, 쓰리고 아픈 감정이 가슴속에 물처럼 차올랐다. 그 이유가 정확히 무엇 때문인지는 알 수 없었다.

"아니, 이야기는 지금부터 시작이다."

할머니가 후후 소리 내어 웃었다. 혹시 은빛 늑대가 살아나는 것일까? 그렇게 송화와 행복하게 살며 끝날까? 나도 모르게 할머니 곁으로 바투 다가앉았다.

"혹시 윤회라는 말을 알고 있니?"

할머니가 물었다. 나는 고개를 내저었다. 윤회라는 말을 알기에 6학년은 너무 어린 나이였다.

"생이 반복되는 거란다. 그 둘은 다시 태어났지."

"어떻게요? 또 사람과 늑대로?"

할머니가 웃으며 도리질 쳤다.

"송화는 윤회를 거쳐 다시 태어났어. 다음 생에는 수회라는 이름을 갖게 되었지. 은빛의 아름다운 늑대는……."

또다시 꼴깍, 마른침이 넘어갔다.

"백송으로 태어났다."

백송이요? 내가 물었다. 하얀 소나무란 뜻이지. 할머니가 대답했다.

"너희 집 분위기 물어보는데 갑자기 전래동화 같은 이야기는 왜 해?"

노을이 불퉁거렸다. 내 말이 그 말이다. 대체 이 이야기를 왜 이 녀석에게 할까? 나도 정확한 이유는 알 수 없었다. 이게 다 엄마의 무화과 타령 때문이다.

"그래서 송화는 수희로, 늑대는 백송으로 다시 태어났다는 거야?"

녀석이 여전히 발끝으로 땅을 파며 물었다. 나는 한쪽 입꼬리를 말아 올렸다. 안 그런 척하면서 은근히 둘이 어떻게 되는지 궁금한 모양이다. 하긴, 이런 것이야말로 이야기의 매력이겠지.

"다음에는 말이지……."

나는 할머니의 이야기를 떠올리며 다시 입술을 달싹였다.

검은 옷을 입은 사내가 황 영감님 집으로 들어갔다. 다음 날 아침, 애절한 곡소리가 담장을 넘어 울려 퍼졌다. 황 영감님 집 문밖에 조등이 걸렸다.

"엄마도 봤어? 그 아저씨? 할아버지 집으로 들어갔잖아."

"이것이 또 헛소리한다. 너 어디 가서 절대 그런 소리 하지 마."

수희는 보이는 것을 말했을 뿐이었다. 대추나무집 할머니를 졸졸 따라다니는 사람도, 논둑에 오도카니 앉아 있는 여자도, 부서진 흉가에 사는 꼬마까지. 다른 사람들은 모두 보이지 않는 모양이었다. 그중 저수지 바위 위에 걸터앉아 있는 아이는 수희와 비슷한 또래였다.

"저수지에서 누굴 봤다고?"

"있잖아, 머리에 주먹만 한 땜통 있는 애."

엄마의 얼굴이 저수지에서 본 아이처럼 창백하게 변했다. 깎아놓은 밤톨처럼 생긴 아이가 오래전 저수지에서 익사했다는 사실은 후에야 알게 되었다. 사람들은 점점 수희를 두려워했다. 아무도 그녀와 말을 섞지 않았다.

"내 눈에는 보여서 말해 줬을 뿐인데……."

수희는 자신을 무서워하는 사람들이 이해되지 않았다. 저수지의 아이도, 논둑의 여자도, 흉가의 꼬마도 전혀 두렵지 않았다. 그들은 멍하니 한곳에 앉아 있다 새벽안개처럼 스르르 사라져 버렸다. 그것이 전부였다. 아무도 해치지 않았다. 누구도 아프게 하지 않았다. 수희를 두렵게 하는 건 죽은 영혼들이 아니었다. 수희네집 담장 안을 힐끗거리는 동네 사람들이었다.

수희는 어스름이 내려앉은 저녁이 되어서야 혼자 냇가로 향했다. 빨래터는 동네의 소문이 모였다 흩어지는 곳이다. 빨래를 내리치는 방망이 소리 사이로 곧잘 수희 이름이 오르내렸다. 밤이되자 밀려온 달빛이 부드럽게 수면을 어루만졌다. 물이 흐르고 바람이 부는 텅 빈 냇가는 나무가 호흡하는 소리마저 선명했다. 인간이 사라진 곳에는 자연의 이야기들이 몰려들었다.

수희는 냇가의 키 작은 백송 앞에 섰다. 만월이 뜨는 밤이면 백송에서는 가지마다 하얗게 빛이 뿜어져 나왔다. 그 모습이 아름

답고 정겨웠다. 수희가 손끝으로 천천히 나무 기둥을 어루만졌다.

"사람들이 나를 무서워하는데, 사실 나도 사람들이 무서워."

"두려워하지 마."

어둠 속에서 수희의 눈이 커다랗게 뜨였다. 분명 목소리가 들렸다. 귀가 아닌 가슴 저 밑바닥에서 어떤 울림이 전해졌다. 그것이 자신의 목소리인지, 나무의 소리인지 수희는 알 수 없었다.

"나한테 말한 거야?"

"내 이야기를 한 거야."

"어떻게? 어떻게 나무가 말을 할 수 있어?"

수희가 고개를 들어 하얀 소나무를 올려다보았다.

"말을 한 게 아니야. 그건 인간의 언어니까. 세상에는 수많은 소리가 있고, 각자의 이야기가 있어. 단지 인간의 귀에 들리지 않을 뿐. 인간에게 들리지 않는다고 없는 게 아니야. 사실 인간이 들을 수 있는 이야기는 지극히 한정적이지."

그래, 그것이 인간이다. 자신이 보고 듣고 느낄 수 있는 것들만 존재한다 믿는 어리석은 생명체. 그 외의 것은 필요 없고 무의미하게 여기는 존재.

"알아, 그게 뭔지."

그 후로 수희는 밤마다 백송과 이야기를 나눴다. 나무는 나무의 소리로, 수희는 인간의 언어로 서로를 이해해 주었다.

"한 곳에만 있으면 답답하지 않아?

"우린 머물러 있지 않아. 뿌리를 뻗어 여기저기 돌아다녀. 한 곳에 갇혀 있는 건, 인간이야."

수희는 백송이 좋았다. 그와 대화하면 모든 근심이 땅속으로 스며드는 것 같았다. 언제까지고 백송과 함께하길 바랐다. 냇물이 흘러 바다에 도착할 때까지. 바닷물이 비가 되어 내릴 때까지. 빗방울이 뿌리로 스며들어 새싹이 돋을 때까지. 영원히 하얀 소나무 곁을 지키고 싶었다. 그러나 그 작은 바람은 곧 한 줌 재가 되어 흩어져 버렸다.

"전쟁이 났어. 피란을 가야 한대."

수희가 잔뜩 긴장한 얼굴로 백송과 마주했다. 염소나 강아지라면 데려갈 수 있었다. 작은 꽃이라면 품고 갈 수 있었다. 그러나 상대는 뿌리 깊은 소나무였다.

"이상해. 눈에 보이는 것이 전부라 믿는 인간이 왜 보이지 않는 것들 때문에 서로를 공격하는 거지? 무엇을 얻기 위해서."

이념이 무엇인지. 좌와 우가 어떻게 다른지, 그 난해함은 인간 인 수희도 알 수 없었다.

"땅이 울고 있어. 비릿한 냄새가 진동해. 뿌리가 더는 나아가지 못하고 멈춰 버렸어."

멀리서 포탄이 터졌다. 콩 볶는 듯한 총소리가 끝나면, 이내 역 한 피비린내가 풍겨왔다.
"잠깐 떠나는 거야. 전쟁이 끝나면 다시 돌아올게. 그때까지 기 다려 줘. 알았지?"
수희가 나무 기둥을 꽉 끌어안았다. 하얀 가지들이 서럽게 몸 을 떨었다.

"수희는 돌아왔어?"
이야기를 듣던 노을이 물었다. 내가 오래전 할머니에게 물었던 바로 그 질문이었다. 나는 고개를 끄덕였다.
"그럼 백송을 다시 만났겠네?"
"아니."

왜? 녀석이 소리쳤다.

"퇴각하던 인민군이 마을에 불을 질렀어. 그 불씨가 날아가 백송을 태웠대. 수희가 돌아왔을 땐, 나무는 이미 까만 재가 되어 있었어."

가슴속에서 찰방, 물소리가 들려왔다. 그저 이야기일 뿐이다. 그것도 오래전에 할머니에게 들은 옛날이야기 말이다. 그런데 이야기를 할수록 이상하게 가슴 한구석이 저릿했다.

"수희가 많이 슬퍼했겠네."

노을이 혼잣말처럼 중얼거렸다.

"재가 되어 버린 백송 앞에서 한참을 엎드려 있었대. 다음 생에는 불씨가 날아와도 도망갈 수 없는 나무 말고, 같이 손잡고 어디든 갈 수 있게 태어나라고 참 서럽게 울었대."

"그럼 이번에도 수희와 백송은 다시 태어나? 윤회 말이야."

지금 옛날이야기나 할 때냐? 하고 왈칵 짜증 내던 녀석이 이런 것까지 물어본다. 아무래도 이야기에 푹 빠진 모양이었다.

"응, 윤회를 거쳐 또다시 만났다지?"

"이번에는 무엇으로?"

노을이 물었다.

"둘 다…… 사람으로."

나는 이렇게 대답하고는 쓰게 웃었다.

"그럼 둘이 이제 맺어지는 거야?"

이것 역시 내가 할머니에게 물은 질문과 똑같았다.

"그게 말이지……."

괜스레 목덜미를 만지작거렸다. 생각해 보니 전혀 유쾌한 결말이 아니었다. 노을이 쓸데없이 전생을 들먹이는 바람에 이야기가 여기까지 오게 되었다.

"여자는 선해라는 이름으로 태어났어. 80년대 운동권 대학생이 됐지. 왜, 있잖아, 소설이나 영화에서 보면 대학생들이 노동자들을 위해서 공장에 위장 취업하는 거. 그곳에서 만난 남자가 백송이 환생한 사람이래."

"야, 전래동화에서 갑자기 장르가 바꼈다?"

노을이 피식 웃었다.

"바보야, 계속 환생하잖아. 그때마다 시대가 변할 것 아니야."

나는 두 눈을 가늘게 뜨며 불퉁거렸다.

"그래서 둘이 이어져?"

결국 이 둘 역시 가슴 아픈 비극으로 끝났다. 공장에 위장 취업한 대학생들이 누군가의 밀고로 경찰에 잡혀갔다. 집회의 자유조차 없었던 암흑의 시절이었다. 그들은 모두 지하실로 끌려갔지만 선해는 다른 이들과 달랐다. 안기부에서 일하던 오빠 덕분에 지옥을 무사히 빠져나올 수 있었다. 그녀 대신 누명을 쓴 사람이 바로 그 남자였다. 큰아버지와 삼촌이 월북한 이력이 무거운 족쇄가 되어 그의 발목을 잡았다.

"너도 역사 시간에 배웠잖아. 국가보안법, 연좌제 뭐 그런 거. 남자는 간첩으로 몰려 사형당하고 선해는 딱 일 년 뒤 심장마비로 세상을 떠났대."

여기까지가 할머니가 들려준 마지막 이야기였다.

"뭐야, 그게? 그러려면 왜 굳이 환생해서 다시 만나. 차라리 만나지 않는 게 낫겠다."

노을이 또다시 발끝으로 땅을 팠다. 나는 고개를 끄덕였다.

"야, 그런데 여자는 계속 사람으로 환생하잖아. 처음 이름이 뭐더라?"

"송화."

내가 대답했다. 녀석의 시선이 왼쪽 허공을 더듬었다.

"송화, 수희, 선해. 다 시옷과 히읗이네?"

노을이 싱긋이 웃고는 손가락으로 툭 내 옆구리를 찔렀다.

"박성하, 너도 시옷이랑 히읗이잖아."

전혀 생각하지 못했다. 그저 할머니 얘기에 빠져서 이름 따위 신경 쓰지 않았다. 그때는 고작 열세 살이었으니까. 다시 떠올려보니 신기했다. 이름에 그런 공통점이 있었구나.

"하긴 같은 시옷과 히읗이라도, 너는 그렇게 따뜻하고 남을 위하는 마음이 없잖아. 절대 인간으로 윤회할 수는……."

노을은 이번에도 말을 다 끝맺지 못했다. 내가 녀석의 콧방울에 사정없이 손가락을 튕겼으니까. 주말마다 서빙으로 단련된 몸이다. 나름 생활형 근육이 보기 좋게 자리 잡아 내 손가락 힘은 상당하다.

"아우, 씨! 코피 날 것 같아. 너 손톱에 쇠라도 박아 놨냐? 아파 뒈지겠다. 박성하, 너는 다음 생에 꼭 오징어로 태어나라. 내가 잘근잘근 다 씹어 먹어 줄 테니까."

녀석이 제 코를 부여잡으며 으르렁거렸다. 내가 오징어로 태어나면 녀석은 분명 작은 물고기로 태어날 것이다. 그렇게 또 내 먹이가 되겠지. 입에서 절로 키득키득 소리가 흘러나왔다. 그 모습을 상상하니 되게 웃겼다.

"웃음이 나오지? 하긴 내가 박성하 너한테 뭘 바라냐?"

노을이 툭툭 자리를 털며 일어났다. 껑충한 몸이 겨울 햇살을 가렸다.

"아무튼 형한테 제발……."

녀석이 말을 멈추고 아랫입술을 깨물었다. 말하지 않아도 또렷한 원망이 들려왔다. 절대 자기 엄마 힘들게 하지 마라. 괜한 일 만들지 말고 알아서 주변 정리 잘해라. 뭐, 그런 뜻이겠지. 몇 번을 윤회해도 이뤄지기 힘든 게 사랑인데, 그게 어디 말처럼 쉽나?

"야, 우린 좀 빠지자. 우리 일이나 신경 쓰자고."

"우리?"

나는 손가락을 들어 노을과 내 가슴을 한 번씩 가리켰다.

"너랑 나, 곧 고3이다."

"공부는 안 하지만, 걱정만 하는 예비 고3이지. 뭐해? 빨리 일어나. 안 가?"

저렇게 말 안 예쁘게 하는 것도 재능이라면 재능이겠지? 나는 휘휘 손을 내저었다.

"됐어. 나는 머리나 좀 더 식혀야겠다."

집에 가 봤자 엄마의 네버엔딩 무화과 타령밖에 더 들을까? 그럼 먼저 간다며 걸음을 옮기던 녀석이 주춤 멈춰 서더니 다시 몸을 돌렸다.

"야, 너희 할머니가 들려줬다는 그 얘기, 마지막에 환생한 그 남자 이름은 뭐야?"

노을이 물었다. 나는 잠시 두 눈을 끔뻑였다.

"여자는 송화, 수희, 선해, 다 이름이 있잖아. 그럼 남자도 이름이 있었을 거 아니야?"

"어? 남자 이름? 그건 기억이 잘⋯⋯."

녀석이 그럴 줄 알았다는 표정으로 쳇, 하고 내뱉었다.

"웬일로 디테일하게 이름까지 외우고 있나 했다. 역시 박성하, 구멍 없으면 네가 아니지."

"저게 진짜."

주먹을 들어 보이자 노을이 고양이를 만난 쥐처럼 도망갔다. 멀어지는 껑충한 뒷모습을 보며 나는 싱겁게 웃었다. 하지만 이내 가슴이 무거워졌다. 사실 남자의 이름을 모르지 않았다. 사랑하는 여자를 대신해 누명을 쓰고, 여자를 위해 기꺼이 목숨을 버린, 백송이 환생한 남자의 이름은 최노운이다.

생각할수록 자꾸만 기분이 가라앉았다. 나는 왜 그 녀석에게 남자의 이름을 말하지 않았을까? 왜 잊었다고 거짓말을 했을까?

'송화, 수희, 선해. 다 시옷과 히읗이네? 박성하, 너도 시옷이랑 히읗이잖아.'

대체 왜였을까? 내게 옛날이야기를 전해 주는 할머니의 미소가 슬퍼 보였던 까닭은…….

"성하야, 너는 이야기 속 두 사람이 윤회를 거쳐 또다시 태어나길 바라니?"

어린 나에게 할머니가 물었다.

"다시 태어나면 좋은 친구가 되었으면 좋겠어요. 같이 놀 수 있고, 공부도 같이 하고 맛있는 것도 같이 사 먹을 수 있는 아주 친한 친구."

사랑 같은 거 생각만으로도 가슴이 아팠다. 그게 정확히 뭔지도 모를 나이였다. 사실 지금도 모르는 건 마찬가지다. 하지만 오빠만 봐도 알 수 있다. 사랑이라는 것이 생각보다 힘들고 험난하며 어렵다는 사실을.

"그래. 그러면 참 좋겠구나."

할머니가 내 머리를 어루만져 주었다. 봄 햇볕처럼 따뜻하고 나른했다.

"내일은 말이다, 성하가 해 질 녘 하늘처럼 울긋불긋한 친구를 만날 게다."

"울긋불긋? 그게 누군데요? 이름이 뭐예요?"

"이름은 네가 직접 물어봐라."

최면에 걸린 듯 졸음이 밀려왔다. 나는 할머니의 무릎에 누워 까무룩 잠이 들었다. 눈을 떴을 땐 늦은 저녁이었다. 할머니는 이미 집으로 돌아간 후였다.

다음 날 아침, 교실은 언제나처럼 아이들의 소란으로 시끄러웠다. 드르륵 문이 열리고 담임 선생님이 교실로 들어섰다. 반 아이들의 시선이 한곳으로 모였다. 선생님 옆에 낯설고 작은 아이가 있었다.

"자, 조용히 하고. 오늘부터 우리랑 같이 지낼 전학생이다."

선생님이 웃으며 전학생을 내려다보았다. 작은 얼굴이 귀까지 벌겋게 달아올라 있었다.

"저…… 저는 최노을입니다."

소개가 끝나기 무섭게 반 아이들이 키득거렸다. 하늘의 노을? 하는 소리가 들려왔다. 전학생의 얼굴이 잘 익은 수박빛으로 물들어 있었다.

"앞으로 모두 노을이랑 잘 지내도록. 성하 뒤에 자리 있지? 우선 거기 앉아. 금요일마다 짝 바꾸니까 이번 주만 혼자 앉아라. 박성하, 이따 이동 수업 시간에 네가 노을이한테 교실 안내해 줘."

노을이 주춤거리며 책상 사이를 걸어왔다. 그리고는 아주 조심히 자리에 앉았다.

"저기……."

콕콕. 등 뒤에서 손가락이 느껴졌다.

"이동 수업은 어디서 해?"

내가 뒤돌아보자 여전히 붉은 얼굴을 한 전학생이 물었다. 그 모습과 노을이란 이름이 참 잘 어울린다고 생각했다. 문득 이모할머니의 목소리가 떠올랐다. 해 질 녘 하늘처럼 울긋불긋한 친구가 혹시?

"이따 나랑 같이 가. 그때 알려 줄게. 참, 내 이름은……."

"알아, 박성하."

"맞아, 최노을."

그날이 내가 지금의 키만 크고 싱거운 녀석을 본 첫날이었다. 그때만 해도 전혀 상상하지 못했다. 최노을과 내가 이렇게 복잡하게 얽히고설킨 관계가 될 줄은 말이다.

"아무래도 너랑 나는 전생에 원수였나보다."

그 순간 주머니 속에서 진동이 느껴졌다. 휴대폰을 꺼내자 녀석에게서 톡이 와 있었다. 역시 양반은 못 되는 인간이었다.

[야, 박성하, 아까 네가 한 얘기 말이야. 혹시 그 둘, 다시 환생해서 태어났

을까?]

알다가도 모를 녀석이었다. 지금 옛날이야기나 할 때냐며 으르렁대더니 또 이렇게 말도 안 되는 질문을 던진다. 나는 짧은 한숨을 내쉰 뒤 고개를 들어 푸르른 침엽수를 바라보았다. 그저 그런 옛날이야기일 뿐이었다. 하지만 지금도 알 수 없었다. 할머니가 왜 갑자기 내게 그런 말을 했는지. 왜 그리 서글픈 눈으로 어린 손녀를 봤는지. 그리고 나는 왜 최노을, 그 녀석에게 남자의 이름을 말하지 않았는지, 아니 말할 수 없었는지 말이다.

[내가 어떻게 알아? 이 멍청아, 쓸데없는 소리 하지 말고 공부나 해. 한심한 예비 고3아.]

그래, 내가 어찌 알까? 다 쓸데없는 생각이고, 괜한 시간 낭비다. 나는 끙 소리를 내며 자리를 털어 냈다. 이제 겨울이 지나면 이름보다 고3으로 더 많이 불리겠지? 꽃이 피는데도 무화과라 불리는 열매처럼……

"고3은 뭐 사람 아니냐? 나 박성하다. 이번 생 안 망했어. 진짜 멋지게 살 거라고!"

소리를 지르니 답답했던 가슴이 조금 풀리는 듯했다. 나는 뒤돌아 성큼성큼 공원을 빠져나갔다.

미니 인터뷰

☁ '나의 삶'에 내가 조연인 것처럼 느껴지는 청소년들에게 하고 싶은 말이 있다면, 어떤 이야기를 해 주고 싶으신가요?

이희영 '나의 삶'에서 나는 결코 조연이 될 수 없습니다. 감독이 되고, 연출자가 되고, 주인공이 될 수밖에 없죠. 다른 누구도 아닌 그야말로 '나의 삶'이니까요.

다만 어떤 순간이, 어떤 상황이, 어떤 날이, 어떤 결과가 마음에 들지 않을 때는 많을 겁니다. 실수를 할 수도 있고, 뭔가 문제가 생겼을 수도 있고, 잘못된 선택을 할 수도 있습니다. 가끔 세상이라는 무대 밖으로 밀려났다는 허무함도 느낄 것입니다.

이렇듯 우리는 삶에서 무수한 NG를 내며 살아갑니다. 하지만 그야말로 'No Good'입니다. 좋지 않으면 다시 하면 되잖아요. 'Good'이 될 때까지요. 조금 천천히 여유를 가지고 심호흡하면서 다시 인생이라는 카메라 앞에, 무대 위에, 조명 아래 서면 됩니다.

그 누구도 '나의 삶'에서 나를 대신해 주연을 맡고, 연출과 감독을 해 줄 수는 없습니다. 그러니 삶의 무대를 겁내지 마세요. 마음껏 즐기시기를 바랍니다.

☁ 최노운의 이름을 이야기하지 않는 성하를 보면서 이 장면은 작가님이 생각하고 계시는 노을과 성하의 관계성과도 연관이 있을 것 같다는 생각이 들었어요. 만약 작가님이 성하라면, 마지막에 최노운의 이름을 노을에게 이야기하셨을까요? 전 이야기했을 것 같거든요. 노을이도 마음이 간질간질해 보라고. (웃음)

이모할머니에게서 전해 들은 옛날이야기를 하면서 성하도 조금씩 느꼈을 겁니다. '어? 이거 좀 이상한데?' 그리고 '여기서 한 발자국 더 나아가면 그동안 평화롭던 노을과의 관계도 틀어지는 게 아닐까?' 하는 엉뚱한 의구심도 들었을 겁니다. 본능적으로 말이죠.

비록 마지막 이름을 듣지 못했지만, 노을 역시 무언가를 감지했을 겁니다. 그렇기에 시옷과 히읗이 반복되는 그 윤회의 끝에 두 사람은 과연 어떤 모습으로 재회했을지 궁금했겠죠.

이야기하는 성하도, 가만히 경청하는 노을이도, 이미 마음속은 생경한 느낌과 기시감으로 적잖이 출렁거렸을 겁니다. 그래서 괜스레 더 상대에게 장난을 치고, 격한 반응을 보였는지도 몰라요.

만약 제가 성하라 해도 마지막 이름은 함구했을 겁니다. 이미

시옷과 히읗을 노을이가 눈치챘는데, 다음에 나오는 노운이라는 이름은 너무 노골적이잖아요(^^;;).

☁ 최근 작가님의 근황 중 인상 깊었던 일과 앞으로의 계획에 대해 알려 주세요.

강연 가면 종종 "노을이와 성하는 절대 이뤄질 수 없나요?" 하고 묻는 친구들이 많습니다. 소위 말하는 케미가 참 좋은 두 사람인데 그저 남자 사람 친구, 여자 사람 친구로만 지내기엔 아쉽다는 얘기를 많이 해요. 단순한 우정이 조금 더 진하고 달콤한 색깔로 물들기를 바라는 듯해요. 더불어 성빈의 엄마가 가만있지 않을 거라는, 만약 나라면 절대 그 사랑을 찬성하지 못할 것이라 말하는 어른들도 계셨습니다. 그게 현실이자 솔직한 답변이라 생각합니다.

이 소설은 그런 질문에 대한 제 나름의 답이 아닐까 싶습니다. 이 답이 과연 정답인지 오답인지는 다시 한번 독자분들의 판단에 맡겨야겠죠? 이제 저는 또 다른 의견과 해설을 들을 준비를 끝냈습니다. 앞으로도 다양한 이야기들로, 다양한 독자분들을 즐거운 마음으로 만나 뵈려 합니다. 독자분과 소통할 수 있다는 건 작가에게 참 큰 기쁨이자 축복이니까요.

친구의 친구

너의 스토리 메이트

© 김선영 김혜정 유영민 이재문 이희영, 2023

초판 1쇄 인쇄일 │ 2023년 1월 16일
초판 1쇄 발행일 │ 2023년 1월 31일

지은이 │ 김선영 김혜정 유영민 이재문 이희영
펴낸이 │ 정은영
편   집 │ 전유진 최수인
마케팅 │ 유정래 한정우 전강산
제   작 │ 홍동근

펴낸곳 │ (주)자음과모음
출판등록 │ 2001년 11월 28일 제2001-000259호
주   소 │ 10881 경기도 파주시 회동길 325-20
전   화 │ 편집부 (02)324-2347, 경영지원부 (02)325-6047
팩   스 │ 편집부 (02)324-2348, 경영지원부 (02)2648-1311
이메일 │ jamoteen@jamobook.com
블로그 │ blog.naver.com/jamogenius

ISBN 978-89-544-4870-3 (43810)